Christian Linker
Stadt der Wölfe

Christian Linker, geboren 1975, studierte in Bonn Theologie und machte Jugendpolitik, bevor er sich ganz dem Schreiben widmete. Seine Romane, die sich schon immer mit brisanten Themen auseinandergesetzt haben, wurden vielfach ausgezeichnet.

Christian Linker

Stadt der Wölfe

dtv

Zu diesem Band gibt es ein Unterrichtsmodell unter
www.dtv.de/lehrer zum kostenlosen Download

Von Christian Linker sind bei dtv außerdem lieferbar:

Das Heldenprojekt
Doppelpoker
RaumZeit
Blitzlichtgewitter
Absolut am Limit
Dschihad Calling
Der Schuss
Und dann weiß jeder, was ihr getan habt
Script Kid – Erpresst im Darknet

Umschlagbild und -gestaltung: Max Meinzold
Lektorat: Katja Korintenberg
Gesetzt aus der Rotis Serif
Satz: C.H.Beck.Media.Solutions, Nördlingen
Druck und Bindung: Druckerei C.H.Beck, Nördlingen
Printed in Germany · ISBN 978-3-423-71894-3

1

Von ganz allein wachte er auf. Das kam sonst nur am Wochenende oder in den Ferien vor. Doch heute war Montag – das war ja das Problem. 7 Uhr 27. Niemand hatte ihn geweckt!

Sofort kehrte die Wut zurück, sie fuhr wie ein Stromstoß in seinen schmalen Körper. Janek schnellte hoch und kam federnd auf die Füße, sprang zum Fenster und ließ das Rollo hochschnappen. Die Morgensonne stach herein und blendete ihn für einen Augenblick. Er wandte sich vom Fenster ab, während schwarze Punkte vor seinen Augenlidern tanzten. Dann hielt er inne, drehte sich langsam zum Fenster zurück und schaute noch einmal hinaus, wobei er schützend eine Hand über die Stirn hielt. Etwas da draußen hatte ihn irritiert. Aber jetzt war es nicht mehr da – oder, wenn es doch noch da war, dann fiel es ihm nicht mehr auf. Was er sah, schien vollkommen normal: Die Garagen gegenüber warfen lange Schatten in den Hof. Der verrostete Ring des Basketballkorbs an der linken Hofmauer schimmerte rostrot im Morgenlicht. Und an dem alten Apfelbaum schnüffelte Tassilo, der unfreundliche Riesenschnauzer des unfreundlichen Herrn Hartmann aus dem Erdgeschoss.

Das jämmerliche Fleckchen Gras rings um den Baum wurde von den Erwachsenen im Haus als *Grünfläche* bezeichnet und führte ständig zu erbitterten Kleinkriegen zwischen den Nachbarn; vor allem wegen Tassilo natürlich, der jeden Tag, im Sommer wie im Winter, morgens erst einmal an diesen Baum kackte. Genau wie jetzt. Und gleich würde der unfreundliche Herr Hartmann aus seiner Erdgeschosswohnung geflitzt kommen, mit einem Sandkastenschäufelchen und einer kleinen Mülltüte in der Hand, um das Geschäft seines Hundes zu beseitigen.

Genau das war der Zeitpunkt, an dem normalerweise auch Janek Janczar aus dem Haus geflitzt kam, mit geputzten Zähnen und hochgestylten Haaren, mit Müsli im Bauch und Pausenbrot in der Schultasche, um über den Hof zur Straße hinaus und zur Bahn zu laufen. Eigentlich.

Er riss sich vom Fenster los, vor Wut bebend. Unfassbar, sie hatten ihn tatsächlich allein gelassen! Er rannte in die Küche, ins Wohnzimmer, ins Bad, in Adas Zimmer, ins Elternschlafzimmer und wieder zurück in die Küche. Nicht mal Frühstück hatten sie ihm übrig gelassen! Der Küchentisch war leer und sauber gewischt, als wäre heute Morgen überhaupt niemand hier gewesen, als hätten seine Eltern und seine große Schwester nicht wie jeden Morgen gefrühstückt, bevor sie aufgebrochen waren – Ada zur Schule, Papa ins Büro und Mama in ihren Laden.

Okay. Janek hatte sich gestern Abend ätzend benommen, war vielleicht ein wenig zu weit gegangen. Aber musste man als Elfjähriger damit rechnen, dass alle Großen plötzlich wortwörtlich nehmen, was man sagt? Wollten sie ihm jetzt eine Lektion erteilen, oder was? Er stellte sich vor, wie die drei hier beim Frühstück gesessen, getuschelt und unterdrückt gekichert haben mussten; leise, um ihn nicht zu wecken.

»Der will uns nicht mehr sehen?«, hatte Ada vielleicht gesagt. »Kann er haben! Der wird sich ganz schön wundern.«

»Ob wir ihm nicht doch wenigstens einen Zettel hinlegen?«, könnte Mama dann überlegt haben.

Aber Papa dürfte ihr widersprochen haben: »So

lernt er nie, Verantwortung für sich selbst zu übernehmen.«

Was der halt dauernd sagte.

Janek schüttelte den Kopf. Durch die Szene, die er sich soeben in der Fantasie ausgemalt hatte, erschien die ganze Sache zwar weniger unwirklich, war aber trotzdem nicht zu fassen.

Er stieg auf die Eckbank und wuchtete das schwere Müsliglas vom Regal, nahm eine Schale vom Bord und holte Milch aus dem Kühlschrank. War das überhaupt erlaubt, dass Eltern sich mit der großen Tochter aus der Wohnung schlichen und den kleinen Sohn allein in seinem Bett zurückließen? Was würden seine Eltern sagen, wenn er jetzt einfach die Polizei anriefe – armer kleiner Junge zu Hause vergessen? Er füllte einen Berg Müsli in die Schale und häufte einen zweiten aus Zucker obendrauf. Wer wollte ihm das jetzt verbieten, he? Am liebsten würde er sich mit Müsliglas und Zuckerdose im Wohnzimmer vor den Fernseher pflanzen und den ganzen Tag im Schlafanzug verbringen. Allein und völlig verwahrlost. Armer kleiner Junge ... das waren doch sonst die Worte von Ada: *oh, der arme kleine Janek*. Immer, wenn er hilflos und wütend war, von allen Mitgliedern dieser Familie komplett unverstanden.

Ha!, dachte er plötzlich und ließ seine Faust auf den Tisch krachen, dass die Milch über den Rand der Müslischale schwappte. Von wegen armer kleiner Janek! Er sprang auf. Von wegen Verantwortung!

Janek rannte in sein Zimmer, zog sich im Laufen das Oberteil seines Schlafanzugs über den Kopf und warf es aufs Bett. Die roten Ziffern am Radio zeigten 7 Uhr 43. In genau siebzehn Minuten fing die Schule an.

Er hatte keine Chance, aber er wollte es trotzdem versuchen. Mit der einen Hand die Schlafhose runterziehen, mit der anderen ein T-Shirt aus dem Schrank holen, die Hose mit den Füßen abschütteln und gleichzeitig das T-Shirt überziehen, mit der Zahnbürste im Mund Unterhose und Strümpfe zusammensuchen – das dauerte keine zwei Minuten. Die Jeans von gestern tat es noch. Er fand sie unter seinem Schreibtisch, wo er sie gestern Abend in seinem Zorn hingepfeffert hatte. Die Katzenwäsche musste reichen, trotzdem gönnte er sich dreißig weitere wertvolle Sekunden, um seine vom Schlaf ganz unordentlich zerzausten Haare mit einer Handvoll Gel in eine Form von *ordentlicher* Zerzaustheit zu bringen. Schuhe an, Schultasche, Hausschlüssel, 7 Uhr 47. Und los.

Janek stürmte aus der Wohnung, und als die Tür krachend ins Schloss fiel, war er schon auf dem ersten Treppenabsatz. Er galoppierte die Stufen der beiden Stockwerke hinab, an den Briefkästen vorbei, warf sich gegen die Haustür und startete durch, quer über den Hof, wo Tassilo sich im Schatten der Garagen zusammengerollt hatte und ihm zähnefletschend hinterherknurrte. Offenbar war Janek nicht der Einzige, der an diesem Morgen zu spät aus dem Haus kam. Auch Herr Hartmann schien heute nicht gerade auf Zack zu sein, denn Tassilos Geschäft dampfte in der Morgensonne. Janek rannte durch die Toreinfahrt, bog nach links ab und lief auf die Kreuzung zu. Von dort aus sah er die Station, an der tatsächlich gerade eine Stadtbahn stand. Wenn er die erreichte, hätte er doch noch die Chance, halbwegs pünktlich zu kommen.

Er war völlig auf dieses Ziel fixiert, die anstehende Mathearbeit geriet zur Nebensache; er wollte nur noch pünktlich kommen und es allen zeigen: Ada mit ihrem *armen kleinen Janek* und Mama, die ihn heute zum ersten Mal an einem Schultag nicht geweckt hatte, und Papa natürlich mit seiner bescheuerten Verantwortung.

Die Fußgängerampel zeigte Rot, aber das hielt ihn nicht auf. Ohne nach rechts oder links zu sehen, sprang er aus vollem Lauf auf die zweispurige Straße. In diesem Augenblick kam die Erkenntnis. Und zwar so, als bewegte er sich in extremer Zeitlupe, als schwebte er einen Moment lang in der Luft. Da waren gar keine Autos. Da waren keine Leute unterwegs, nicht eine Menschenseele. Und Tassilo – der hatte gar kein Halsband getragen, als Janek vorhin zum ersten Mal aus dem Fenster gesehen hatte.

Er kam auf dem Asphalt auf, bremste seinen Sprint und trabte noch ein paar Schritte, bevor er mitten auf der großen Kreuzung stehen blieb, wo die vier Fahrspuren mit den beiden Bahngleisen seine eigene kleine Straße querten.

Kein Auto, kein Fahrrad, kein Mofa fuhr, keine Kinder warteten an der Ampel, kein Lieferwagen hielt vor dem Supermarkt, keine Jugendlichen hingen vor dem Kiosk rum. Das Fenster des Kiosks war geschlossen wie sonst nur sonntags. Hinter den breiten Scheiben des Supermarktes herrschte Finsternis. Die Fußgängerampel sprang von Rot auf Grün und summte für sich allein. War gar nicht Montag, sondern Sonntag? Das konnte nicht sein, denn gestern war definitiv Sonntag gewesen, einer von der allerschlimmsten Sorte. Und die große Anzeigetafel an der Bahnstation zeigte es ganz deutlich:

Montag, 4. Juli, 7:52 Uhr
Nächste Bahn:

Darunter war die Tafel leer. Ungläubig staunend ging Janek auf die Station zu, wo noch immer die Bahn stand. Es waren zwei Waggons, menschenleer wie alles andere auch, die Türen standen offen. Er spähte durch die letzte Tür des hinteren Wagens. Die vollkommene Stille war unnatürlich. Die Sonne linste über die Giebel der Häuser auf der anderen Straßenseite und flutete den Waggon mit ihrem Licht.

Hier gab es nichts, wovor er Angst hätte haben müssen – wäre nicht plötzlich die ganze Welt komplett zum Fürchten gewesen. Und hätte er da nicht ein Scharren und Rascheln unter einer der hinteren Sitzbänke gehört. Dort lag ein Haufen weggeworfener Zeitungen. Die sich bewegten! Janek erstarrte. Da lugte das spitze Näschen einer Maus aus dem Blätterberg hervor. Mit zitternden Härchen schnupperte das Tier nach Orientierung, die schwarzen Knopfaugen spähten umher. Janek entspannte sich ein wenig, da fuhr ein Fauchen durch den Stadtbahnwaggon, der Berg aus Papier explodierte und eine braune Katze stürzte sich mit ausgefahrenen Krallen auf die Maus. Janek hörte jemanden brüllen. Die Stimme kannte er doch – es war seine eigene. Er hatte vor Schreck laut geschrien und einen Satz rückwärts gemacht. Die Katze hielt inne. Für einen Sekundenbruchteil bohrten sich die Blicke von Mensch und Tier ineinander. Dann wollte sie sich wieder ihrer Beute zuwenden, doch die Maus war verschwunden. Die Katze warf Janek einen missbilligenden Blick zu und trollte sich, sprang zur vorderen Tür hinaus und verschwand. An der hinteren Tür stand immer noch Janek wie festgefroren mit dem Echo seines Schreis im Ohr.

Er atmete tief ein und aus, löste sich aus seiner Starre und ließ sich auf einen der Sitze im Wartehäuschen fallen. Er versuchte, seine Gedanken zu sortieren, die nur zu einem einzig logischen Schluss kamen: Er schlief und träumte. Eine andere Erklärung konnte es nicht geben. *Durfte* es nicht geben.

Janek hatte schon öfter Träume gehabt, in denen er genau wusste, dass er träumte. Aber noch nie war ihm ein Traum so seltsam vorgekommen. Einerseits fühlte er sich absolut echt und wirklich an. Andererseits war das hier viel zu verrückt, um *kein* Traum zu sein. Und dass er einen solchen Quatsch träumte, wunderte ihn eigentlich gar nicht, bei allem, was sich inzwischen in ihm aufgestaut hatte: der andauernde Stress mit Ada und den Eltern, der Terror von Leon in der Schule – und eben diese scheißverdammte Mathearbeit. Noch nie in seinem Leben hatte Janek eine Situation so ausweglos empfunden, denn irgendwie hing alles mit allem zusammen wie bei einem total verknoteten Wollknäuel, bei dem nirgendwo ein Ende herausschaute, an dem er hätte anfangen können, es zu entwirren.

Leon war das größte Arschloch der Welt, jedenfalls für Janek – für alle anderen war er der Star der Klasse, der coolste der Coolen, der Held der 5b. Sofern man dem Herumprotzen mit Smartphones, teuren Jeans und Bikes irgendwas Heldenhaftes abgewinnen konnte. Die anderen konnten das offensichtlich, denn sie vergötterten Leon, vor allem Anouk. Die hatte Janek selbst mal vergöttert, jedenfalls kurz, ganz am Anfang der fünften Klasse. Dieses Mädchen mit seinen feuerroten Haaren, Millionen von Sommersprossen und dem wunderschön fremdartigen Namen hatte er ein paar Tage lang angehimmelt, bevor er zu begreifen begann, welche Regeln auf dieser neuen Schule galten und dass Mädchen mit schönen Namen sich lieber an Jungs mit teuren Hosen hielten; nicht an jemanden wie ihn, Janek Janczar.

Wenn es nach Leon, Anouk und all den anderen ginge, dann hätte Janek in dieser Klasse nichts zu suchen gehabt, und irgendwie sah er das auch selber so. Es lief ja alles darauf hinaus: Würde er in der Mathearbeit heute nicht wenigstens eine Drei plus schaffen, dann bliebe er sitzen; der Horror schlechthin. Als Terstegen, der Klassenlehrer, seiner Mutter vorsichtig gesagt hatte: »Vielleicht ist die Realschule doch eine Option, Frau Janczar«, da hatte Janeks Herz einen Riesensprung gemacht und er hatte sich mit diebischer Freude vorgenommen, die kommende Mathearbeit nach allen Regeln der Kunst in den Sand zu setzen. Aber seine Mutter hatte geantwortet: »Janek gehört aufs Gymnasium, zur Not wiederholt er eben eine Klasse.«

Es gab keinen Ausweg außer einem, den es aber eben nicht in Wirklichkeit gab, sondern nur im Traum; nämlich diesen hier. So wie Janek es gestern Abend seinen Eltern und seiner großen Schwester ins Gesicht geschrien hatte, die wieder mal nichts, überhaupt nichts verstehen wollten von seinen Sorgen und Problemen. Er hatte geschrien: »Ich wünschte, es gäbe euch alle nicht!«

Und da hatte sein Vater verächtlich das Gesicht verzogen, seine Mutter hatte die Stirn gekräuselt und Ada hatte sich halb totgelacht und gerufen:

»Zu wem willst du gehen? Bei wem willst du leben? Bei Oma Luba vielleicht?«

»Allein«, hatte er gebrüllt, »am liebsten ganz allein! Ich wünschte, es gäbe überhaupt niemanden! Am liebsten wäre ich allein auf der Welt, verstanden?«

»Fürs Erste gehst du allein ins Bett, und zwar sofort«, hatte seine Mutter dann gesagt – mit ruhiger, aber unnachgiebiger Stimme, »und morgen sehen wir weiter.«

Da würde seine Mutter aber Augen machen, wenn es morgen wäre und es gäbe sie gar nicht mehr ...

Was für ein seltsamer Traum, dachte Janek. Was für ein Traum, in dem man an einer vollkommen verlassenen Bahnstation sitzt, in einer vollkommen verlassenen Stadt, und über sein Leben nachgrübelt, stundenlang. Na ja, minutenlang, denn es war jetzt acht und die Schule fing an. Normalerweise. Er könnte sich mit dem Fahrrad auf den Weg machen, überlegte er, den ersten Kilometer sprinten, dann langsamer treten, zuletzt sich keuchend die Treppe hinaufschleppen und mit hochrotem Kopf in die Klasse taumeln. Die anderen würden ihn hämisch lachend empfangen und Leon feixt triumphierend: »Reingelegt!«, während Anouk die Augen verdreht und wegschaut, weil jemand wie Janek einfach zu peinlich ist, zum *Fremdschämen.* Dieses Wort hatte er von Anouk mal aufgeschnappt. Und Terstegen sammelt gerade die Klassenarbeit ein, schaut Janek an und sagt: »Tja, das ist leider eine Sechs.« Dann würde Janek schweißgebadet aufwachen und der Horror-Montag konnte von vorn beginnen, aber diesmal in echt.

Viele seiner Träume handelten vom Zuspätkommen: zu spät zum wichtigsten Spiel der Saison und der Trainer hat einen anderen aufs Feld geschickt; zu spät zur Ferienfahrt und der Bus ist längst weg. Aber vielleicht konnte er diesmal dem Traum ein Schnippchen schlagen, denn schließlich *wusste* er, dass er träumte. Er konnte mit hocherhobenem Kopf sein Klassenzimmer betreten und allen mal richtig die Meinung sagen.

Irgendwie musste er ja die Zeit totschlagen, bis dieser Traum zu Ende ging. Nein – er konnte sich wirklich nicht erinnern, jemals so intensiv, so lange und zusammenhängend geträumt zu haben.

Entschlossen stand er auf und ein winziges Steinchen knirschte unter seinem linken Schuh. Das Knirschen zerriss die Stille und ließ ihn zusammenzucken. Mitten auf der Kreuzung stritten Tauben um ein altes Stück Brot. Ein paar Schwalben kämpften mit einer halb leeren Pommes-Schale im Rinnstein, die Reste von Mayonnaise klebten an ihren Schnäbeln. Janek sprang von dem Bahnsteig herab, lief über das Gleisbett und über die Straße, ohne dass die Vögel von ihm Notiz nahmen. Ihnen schien die Stadt ohne Menschen ganz gut zu gefallen und von diesem einen, übrig gebliebenen wollten sie sich nicht stören lassen.

Seine Schritte hallten zwischen den Häuserfronten, als er in seine Straße einbog. Er rannte, ohne es zu wollen. Erst am Tor bremste er abrupt ab, denn da saß Tassilo, als bewache er die Hofeinfahrt, und ließ dicken Sabber von seinen Lefzen tropfen.

»Platz, Tassilo!«, rief Janek. Der Torbogen warf ein scheppperndes Echo zurück.

Das waren die ersten Worte, die er überhaupt an diesem Morgen – das heißt: in diesem Traum – gesprochen hatte.

Janek setzte einen strengen Blick auf, so wie er es mit seinem Vater geübt hatte, und ging langsam, mit gleichmäßigen Schritten an dem Hund vorüber. Aus Tassilos Brust grollte es rasselnd, aber er bewegte sich keinen Millimeter, beobachtete den Jungen nur scharf, bis Janek von einem angemessenen Sicherheitsabstand aus wieder zu rennen anfing, über den Hof lief und die Fahrradgarage öffnete. Da standen sämtliche Räder der Hausbewohner, auch das seiner Mutter und Adas Mofa. In der Garage daneben sah er das Auto stehen, als wären Janeks Schwester und Eltern gar nicht aus dem Haus gegangen – oder als würden sie … nicht existieren. Wie er es sich gewünscht hatte.

2

Er schwang sich auf das Rad, sauste zurück über den Hof und an Tassilo vorbei, bevor der wusste, wie ihm geschah. Wütend sprang der Hund auf, wetzte los und verfolgte Janek noch gut fünfzig Meter die Straße hinab, bevor er es aufgab. Sein Kläffen verhallte in der einsamen Straße.

Durch die leere Stadt zu fahren, kam Janek zunächst nicht viel anders vor, als wenn er an einem Sonntagmorgen früh rausmusste, weil irgendwo ein Turnier anstand. Doch auch an einem frühen Sonntagmorgen sah man wenigstens einige wenige Leute auf der Straße, die mit einer Tüte Brötchen vom Bäcker kamen. Und selbst wenn die Straßen leer blieben, konnte man sich darauf verlassen, dass hinter all den Fenstern Menschen lebten, die friedlich schliefen oder sich gerade den ersten Kaffee machten. Hinter diesen Fenstern war jetzt niemand und das konnte er fast körperlich spüren. Vollkommen sinnlos wurden die Ampeln mal grün, mal rot, als warteten sie verzweifelt auf irgendwelche Autos und Fußgänger, aber niemand benutzte diese Straßen außer Janek – und den Vögeln, die sie sich über Nacht vermehrt haben mussten. Sie kamen ihm viel lauter vor als sonst.

Die Schule lag so verlassen da, wie in den Ferien. Er lehnte sein Rad an die Mauer, ging durch das weit geöffnete Tor über den verwaisten Schulhof und zog an den breiten Griffen der zweiflügligen Glastür des Haupteingangs. Sie war nicht verschlossen. Der vertraute Schulgeruch wehte ihn an.

»Hallo?«, rief er in die Eingangshalle. »Hallo!«

Natürlich kam keine Antwort. Aus einer großen Vitrine glotzten ihn Blechfiguren mit unheimlich verdrehten Gliedmaßen an. Die Oberstufenschüler hatten die Figuren im Kunstunterricht hergestellt. Wir verstehen das auch nicht, schienen sie zu sagen, aber uns fehlen die ganzen Leute gar nicht. Wir genügen uns selber.

Das Klassenzimmer der 5b lag im zweiten Stock. Janek stieg die Treppe hinauf und lauschte dem einsamen Hall seiner Schritte. Niemand drängelte durch den Flur, kein Stimmengewirr empfing ihn, nur eine einsame Jacke hing am Ende der langen Reihe von Kleiderhaken, von irgendwem am Freitag hier vergessen, als es noch Menschen in dieser Stadt gegeben hatte. Drinnen im Raum standen die Stühle vorschriftsmäßig auf den Tischen. Die Tafel war sauber gewischt. Er klappte sie auf. Die Innenseiten sahen genauso aus. Er hatte auch nicht ernsthaft damit gerechnet, dass dort eine Erklärung für all das stehen würde. Es gab keine. Dieser verdammte Traum musste einfach aufhören.

Aber er wusste längst, dass dies kein Traum war. Er wollte es sich bloß noch nicht eingestehen. Befände er sich in einem Traum, würde er jetzt das Fenster öffnen, behände auf den Sims klettern und springen. Statt hart auf dem Schulhof aufzuschlagen, würde er mit einem Ruck in seinem Bett aufwachen und der Horror-Montag nähme wie geplant seinen Lauf. Wäre das ein Traum, würde ihm nicht schon beim Gedanken an den Sprung übel werden. Es war eben kein Traum, er würde sich alle Knochen brechen auf dem schwarzen Teerboden dort unten. Die Vorstellung kribbelte auf seiner Haut.

Panik überfiel ihn! Wenn das kein Traum war, was war es dann? Was war mit der Welt geschehen? Und was auch immer geschehen sein mochte – warum nicht mit ihm? Sondern nur mit allen anderen? Hatte er sie wirklich … weggewünscht? Das gab es doch nicht. In seinem Kopf drehte sich alles, ihm wurde schwindelig. Mit einem lang gezogenen Schrei stieß er vier, fünf, sechs Stühle um, die weitere Stühle mit zu Boden rissen. Der Krach tat ihm gut, war aber rasch wieder vorbei. Die Stühle lagen ineinander verhakt auf dem Boden wie ein paar tote Spinnen in einer vergessenen Kellerecke. Janek merkte, dass er heulte. Dicke Tränen liefen über sein Gesicht. Er stand mitten in seiner Klasse, wo ihm so oft zum Weinen zumute gewesen war – was er sich aber in Gegenwart von Leuten wie Leon oder Anouk niemals erlaubt hatte. Jetzt wünschte er sehnlichst, sie wären alle da und säßen um ihn herum. Er würde sich auslachen lassen, würde bereitwillig sogar die verfluchte Mathearbeit schreiben, wenn bloß dieser Albtraum ein Ende hätte.

Irgendwann wischte er sich die Tränen fort, zog die Nase hoch und sah sich um. Er spürte den Impuls, die umgeworfenen Stühle wieder ordentlich auf die Tische zu stellen. Er wusste, dass es im Moment nichts Unwichtigeres gab als das. Im Grunde konnte er doch hier und jetzt tun, was er wollte. Er konnte, wenn er wollte, auf Leons Tisch rotzen. Er konnte, wenn er wollte, auf Leons Stuhl pinkeln. Und kurz überlegte er, das wirklich zu tun, denn er musste mal. Schon seit einer Weile, es war ihm bloß die ganze Zeit über nicht aufgefallen. Er verkniff es sich aber und ging stattdessen zur Tafel. Dort griff er nach einem Stück Kreide, dachte einen Moment lang nach und schrieb in großen Buchstaben: FALLS NOCH JEMAND ÜBRIG IST AUSSER MIR: MELDE DICH BEI JANEK!

Dann verließ er das Schulgebäude, pinkelte draußen an die Mauer und schwang sich aufs Fahrrad. Er wusste nicht, warum er nach Hause fuhr. Es hatte keinen Sinn, alles andere aber eben auch nicht. Unterwegs sah er noch mehr Vögel als vorhin und auch andere Tiere. Er passierte den Kreisverkehr, wo sich auf dem Rasen in der Mitte Horden von Hasen tummelten. Emsige Eichhörnchen flitzten die Baumstämme der Allee rauf und runter oder sprangen von Ast zu Ast. Und fast wäre er vor Schreck vom Fahrrad gefallen, als sich mitten auf dem Radweg vor ihm eine blau-grau gemusterte Schlange ringelte. Das Reptil erschrak mindestens so sehr wie der Junge und verschwand rasch im nächsten Busch. Während er noch stockstarr auf seinem Rad verharrte, einen Fuß Halt suchend auf den Boden gestemmt, huschte auf der anderen Straßenseite ein schmaler Schatten vorbei. Es dauerte eine endlose Sekunde, bevor Janek sich aus der Starre lösen und umwenden konnte. Da war der Schatten längst verschwunden und es blieb nur die vage Erinnerung an einen Schäferhund, der seltsam gebückt am Rande seines Blickfeldes vorbeigelaufen war. Eigentlich gar kein richtiger Hund. Aber er wollte auch nicht darüber nachdenken, was es stattdessen gewesen sein könnte. Der Hund in seinem eigenen Haus bereitete ihm schon genug Kopfzerbrechen.

Doch Tassilo war nirgends zu sehen, als Janek endlich die heimische Toreinfahrt erreichte. Vermutlich genoss der Hund seine neue Freiheit und vergnügte sich irgendwo in der Stadt. Das Rad ließ er im Hof stehen, ohne es abzuschließen. Wer sollte es schon klauen? Jedem Fahrraddieb wäre er jubelnd um den Hals gefallen. Aber es gab keine Diebe mehr.

Oben in der Wohnung schnappte er sich das Telefon. Ihn überraschte leider nicht, dass aus dem Gerät kein Laut kam. Es tutete nicht und machte nicht einmal die üblichen Pieptöne, als er erst Mamas Handynummer eingab, dann Papas, dann Adas. Dann die Nummer von Papas Büro, dann die von Mamas Laden, dann die von Oma Luba in Polen. Nichts, nichts, nichts. Aus dem Radio kam nur Rauschen, der Fernseher blieb schwarz. Als er Adas Laptop hochfuhr und ins Internet gehen wollte, kam bloß die Meldung: »Server nicht gefunden.« Janek klickte in Adas Musikverzeichnis auf ein Lied von *Rihanna* und machte außerdem eine CD von *Fettes Brot* an; zusätzlich ließ er *Ice Age 3* als DVD laufen. Das Stimmengewirr und die bewegten Bilder aus dem Fernseher beruhigten ihn ein wenig.

Er verschlang das Müsli von vorhin, das inzwischen ganz matschig geworden war. Danach inspizierte er den Kühlschrank und die drei großen Schubladen mit den Vorräten. Viel war nicht da, jedenfalls nicht viel von dem, was man leicht zubereiten oder einfach kalt essen konnte. Janek wählte noch einmal alle Telefonnummern, die er kannte, ohne Erfolg. Dann kochte er einen Berg Nudeln, den er mit einer halben Flasche Ketchup verschlang, während er *Ice Age* schaute. Hinterher war ihm schlecht. Er musste an die frische Luft.

Zunächst lief er durchs ganze Haus, klingelte überall und hämmerte minutenlang an die Wohnungstür von Familie Gültekin im vierten Stock, wo, solange er denken konnte, sein Kumpel Enver lebte. Enver war genau sieben Wochen und zwei

Tage älter als Janek. Sie waren im Kindergarten zusammen in der Igel-Gruppe gewesen und hatten in der Grundschule nebeneinandergesessen, von der ersten bis zur vierten Klasse. Sie hatten zusammen *Hot Wheels*-Autos und *Star Wars*-Karten gesammelt, hatten unter der Kellertreppe Knallfrösche gezündet, versehentlich das Altpapier in Brand gesetzt und Hausarrest bekommen. Sie hatten sich schon hundertmal wegen nichtigster Kleinigkeiten geprügelt, sich gegenseitig Scheißtürke und Dreckspolacke genannt und sich bei einer Apfelschorle wieder versöhnt. Janek hätte seine Wii dafür hergegeben, wenn Enver auch übrig geblieben wäre. Aber hinter der Tür der Gültekins, hinter der sonst Envers Eltern so oft lautstark diskutierten und seine kleinen Schwestern kreischten, war es so totenstill wie überall im Haus. Als Janeks Fäuste schmerzten, ließ er von der Tür ab und lief die Treppe hinunter.

Draußen im Hof hatte weder jemand sein Fahrrad berührt noch die anderen Räder in der Garage, deren Tor er am Morgen in seiner Hast nicht wieder geschlossen hatte. In der Garage lag der Brazuca, sein geliebter WM-Ball. Er war ziemlich abgewetzt, aber hart aufgepumpt, wie Janek es liebte. Er tippte ihn mit dem Fuß an und ließ ihn aus der Garage rollen, balancierte ihn auf dem

Spann und schoss ihn hoch, bevor er ihn volley gegen eines der geschlossenen Garagentore drosch. Das Tor erbebte und warf ein Donnergrollen in den Hof. Janek hielt wieder drauf und wieder, verkürzte den Abstand zum Tor und ballerte schließlich so oft hintereinander auf die Garage, dass die einzelnen Donnerschläge zu einem tiefen, anhaltenden Grollen verschmolzen.

Normalerweise hätte sich längst der unfreundliche Herr Hartmann zeternd aus dem Fenster gelehnt und ein halbes Dutzend anderer Nachbarn ringsherum auch. Heute blieben alle Fenster geschlossen, und als ihm der Brazuca über den Spann rutschte und sein Fuß ins Leere stieß, verebbte das Donnergrollen und die gespenstische Stille kehrte wieder zurück. Der Ball blieb in einer Ecke liegen.

Janek schwang sich aufs Rad und fuhr ohne Ziel los, einmal quer durch die ganze Stadt: mitten auf der Straße, über die gefährlichsten Kreuzungen und gegen die Fahrtrichtung, als könne er dadurch irgendetwas provozieren. Immer wieder bremste er ruckartig, weil ihm plötzlich so war, als habe er einen Menschen gesehen oder gehört, als sei in seinem Augenwinkel jemand vorbeigehuscht und in einem Hauseingang verschwunden. Immer wieder drehte er sich um, weil er das unbestimmte Gefühl hatte, da sei jemand hinter ihm. Doch er täuschte sich jedes Mal. Nur Tiere begegneten ihm, dafür aber in ständig wachsender Zahl. Katzen und Hunde hatten sich selbstständig gemacht, die Hasen waren jetzt zu Hunderten unterwegs, die Vögel wurden immer mutiger und an einer Kreuzung huschten ein paar Rehe vorbei. Auf einem Zeitungskasten sah Janek sogar einen Bussard sitzen, der ihm mit schräg gelegtem Kopf nachschaute. Vielleicht würden bald auch die Tiere aus dem Zoo ihre Gehege verlassen und die Stadt erkunden. Die ganze Natur schien fest entschlossen, die Straßen und Plätze und Häuser zu erobern und diesen Ort in die Wildnis zurückzuverwandeln, die er vielleicht vor tausend Jahren oder mehr einmal gewesen war. Er dachte an das Tier, das er vorhin im Augenwinkel gesehen hatte. Das wie ein Hund ausgesehen hatte und doch keiner gewesen war.

Er fuhr am Trainingsgelände vorbei, wo der staubige Aschenplatz unberührt in der Mittagshitze lag und daneben die schmalen Fenster des geduckten Vereinsheims in die Sonne blinzelten. Er radelte weiter, passierte den kleinen Schreibwarenladen, wo Mama arbeitete. Ohne dass er es sich bewusst überlegt hatte, war Janek dabei, alle möglichen Orte aufzusuchen, die für ihn eine Rolle spielten oder wo er jemanden kannte. Und irgendwann hielt er vor dem Freibad. Durch das Drehkreuz sah er die beiden Becken zwischen grünen Rasenflächen liegen, ein kleines für Nichtschwimmer und ein großes, tiefes mit zwei hohen Sprungtürmen. Die Wasseroberfläche lag spiegelglatt in der Sonne und funkelte verheißungsvoll. Janek stieg vom Rad, warf einen Blick auf das geschlossene Kassenhäuschen und drückte sacht gegen die Gitter des Drehtores. Es war nicht abgeschlossen. Er glitt hindurch und betrat das menschenleere Freibad, das er kaum anders als eng und überfüllt kannte. Jetzt kam es ihm riesengroß vor.

Auf dem langen Weg vorbei an den Umkleidekabinen streifte er erst das T-Shirt ab, schlüpfte dann aus den Schuhen, zog Strümpfe und Jeans aus, als wollte er eine Spur legen. Am Rand des tiefen Beckens zögerte er. Er war ganz offenbar der letzte Mensch in dieser Stadt und vielleicht auf dem ganzen Planeten – trotzdem kostete es ihn Überwindung, die Shorts abzulegen. Andererseits wollte er nicht nachher mit nasser Unterhose auf dem Fahrrad sitzen. Also zog er sie aus, machte ein paar Schritte rückwärts und nahm Anlauf. Mit einem sehenswerten Kopfsprung schoss er über den Rand und tauchte tief ins Wasser ein. Es war eiskalt und stach ihn wie mit tausend Nadeln, aber das tat gut. Er berührte den Boden, schnellte hoch und tauchte auf. Für einen winzigen Moment war er irritiert, dass nur ein einziger Kopf weit und breit aus dem Wasser ragte, nämlich seiner, und dass niemand auf der großen Wiese lag und sich sonnte; bloß ein paar Hasen flitzten über das weiche Grün. Im selben Augenblick wurde er sich seiner Einsamkeit wieder bewusst. Ob das jetzt für immer so blieb? Oder gab es doch noch eine ungeahnte – aber natürliche – Erklärung für das plötzliche Verschwinden sämtlicher Menschen? Vielleicht würde es bald einfach Plopp machen und alle wären wieder da?

In seinem Kopf drehte sich alles genau wie vorhin in der Schule, als wollten die Gedanken sein Gehirn zum Explodieren bringen. Deshalb versuchte Janek alle Gedanken abzuschalten, konzentrierte sich nur auf seinen Körper und das Wasser. Er kraulte ein paar Bahnen, so schnell und so lange er konnte. Dann schwamm er zum Rand, lehnte sich mit verschränkten Armen darauf und betrachtete auf der Wiese die ungefähre Stelle, an der er vor wenigen Wochen Anouk und ein paar anderen aus der Klasse begegnet war.

Das war einer der ersten richtig schönen Tage gewesen, noch im Mai, aber schon ordentlich warm. Nach der Schule hatte er sich mit Enver getroffen und sie waren losgezogen. Janek wusste, dass auch Anouk und die anderen sich zum Freibadbesuch verabredet hatten. Und er wollte ihnen so weit wie möglich ausweichen. Aber mit Enver im Schlepptau ging das natürlich nicht.

Janeks Mitschüler waren kurz vor den beiden angekommen und breiteten gerade ihre Decken und Handtücher unter einem der alten Bäume aus. Natürlich waren auch Leon und sein treuer Buddy Paul dabei. Janek grüßte knapp und wollte rasch vorübergehen, als Paul ihm zurief: »Wenn du gleich mal was sehen willst – Leon springt vom Fünfer.«

Janek zuckte mit den Schultern und wandte sich ab, aber Enver knurrte: »Wer will 'n das wissen, hä?«

»Dein Spastikumpel«, grinste Leon, »der traut sich so was nämlich nicht.«

Augenblicklich war Enver stehen geblieben und pumpte schon seinen gedrungenen Oberkörper auf. Die anderen lachten über Leons Spruch. Sie waren zu acht, fünf Jungs und drei Mädchen. Ohne diese Überzahl im Rücken hätte Leon es wohl kaum gewagt, Janek so anzumachen. Er konnte nicht wissen, dass Enver imstande war, sich mit allen auf einmal anzulegen. Wenn Enver einmal ausrastete, hielt ihn nichts zurück. Er kniff die Augen zusammen und fixierte erst Leon mit seiner Justin-Bieber-Frisur, dann Paul, der mit einer arroganten Geste seine Sonnenbrille zurechtrückte und Envers Blick gelassen erwiderte.

Janek hatte nur Augen für Anouk in ihrem grünen Badeanzug. Er hätte nie gedacht, dass ein Mensch so viele Sommersprossen haben konnte, wie er sie auf ihren Schultern und Armen sah. Anouk wich seinem Blick aus und wandte sich ab. Vermutlich musste sie sich seinetwegen wieder *fremdschämen*. Janek brachte kein Wort heraus, es war wie verhext. Früher hatte er zu den Coolen gehört, war gut im Fußball und auch gut in der Schule gewesen, einfach so, ohne ein Streber zu sein und ständig zu üben. Aber dieses verdammte Gymnasium hatte ihn zum Außenseiter gemacht, der offenbar einen Kumpel wie Enver als Beschützer brauchte.

Er hörte, wie sein Freund durch die Zähne hindurch zischte: »Sag das noch mal!«

Es war höchste Zeit abzudampfen. Nicht auszudenken, wie sie Janek in der Klasse behandeln würden, wenn Enver Leon erst einmal ein blaues Auge verpasst hätte.

»Lass sie reden«, sagte er leise und zog Enver am Arm.

Der warf Janek einen erstaunten Blick zu, gab sich dann aber einen Ruck und folgte seinem Freund zum hinteren Teil des Geländes.

»Alter«, knurrte er, »der Spacko wollte meinen Ellenbogen. Warum hast du gekniffen?«

Ja – warum hatte er gekniffen? Jetzt starrte Janek auf den leeren Flecken Wiese, an dem sich die Szene im Mai abgespielt hatte, und wusste es auch nicht mehr. Schlimmer hätte es doch wirklich nicht werden können. Vielleicht hätten sie ihn dann zumindest respektiert. Dass sie ihn eines Tages mögen würden, war sowieso ausgeschlossen. Und inzwischen war es auch egal. Leon und Paul und Anouk waren genauso verschwunden wie Enver, wie Ada und Janeks Eltern und überhaupt jeder Mensch. Nur der verdammte Sprungturm mit seinem Fünfmeterbrett stand noch da und sah auf ihn herab.

Janek hatte eine Heidenangst vor dem Fünfer. Noch eine Sache, von der er nicht wusste, warum das so war. Denn er fürchtete sich weder vor dem Absprung noch vor dem Aufprall. Nein, er hatte einfach Angst davor, dass er Angst bekommen *könnte*, wenn er erst einmal oben war. Schlimmer als der Gedanke an einen fiesen Bauchplatscher war die Vorstellung, wie er da oben steht und Schiss bekommt und dann wieder hinuntermuss, an allen vorbei.

Janek stemmte sich am Rand aus dem Wasser hoch, lief um das Becken herum und setzte den rechten Fuß auf die unterste Sprosse der Leiter. Er musste keine Angst haben, sagte er sich, und zog den linken Fuß nach. Stufe für Stufe stieg er empor und wusste genau, dass er springen würde. Weil er eben doch Angst davor hatte, diese Leiter wieder hinabsteigen zu müssen, selbst wenn keine Massen belustigter Badegäste ihm feixend dabei zusahen. Er wollte einfach sich selbst nicht enttäuschen.

Oben auf dem Brett pfiff der Wind. Aber Janek fror nicht. Der Wind strich durch seine Haare und über seine Haut. Er stand nackt hoch oben auf dem Turm und fühlte sich plötzlich so frei wie noch nie in seinem Leben. Er trat vor, breitete die Arme aus und hob ab. Der Fall dauerte ewig und er stellte sich vor, das sei eine Art Zauber: Wenn er wieder auftauchte, wären plötzlich alle Menschen wieder da. Erst im allerletzten Moment legte er die Arme eng an den Körper und schoss wie ein Pfeil ins Wasser, drei Meter tief bis zum Grund des Beckens. Sacht kam er mit den Füßen auf dem Boden auf, ließ alle Luft hinaus und ging in die Hocke, kauerte sich richtig zusammen. Hier unten war die Einsamkeit vollkommen. Aber das war gar nicht schlimm, denn hier gehörte sie eigentlich hin, anders als da oben. Plötzlich fühlte er sich friedlich und geborgen. Wenn er einfach unten bliebe, dann wäre es bald vorbei. Vielleicht drei, höchstens vier Minuten ...

Aber dann siegte das Verlangen nach Luft und Licht. Janek stieß sich vom Boden ab und schwamm mit kräftigen Zügen den Sonnenstrahlen entgegen, die auf der Oberfläche tanzten. Atemlos stieß er mit dem Kopf aus dem Wasser, schwamm zum Beckenrand, kletterte hinaus und ließ sich auf die Wiese plumpsen. Auf einmal fror er doch und genoss, dass die Sonne ihn wärmte. Er drehte sich auf den Rücken und sah den wenigen Schäfchenwolken zu, die flauschig am tiefblauen Himmel dahinzogen. Die Wolken wussten vielleicht, ob es da irgendwo noch Leute gab und wo.

3

Als er wieder aufwachte, stand die Sonne schon tief. Er wusste weder, wie lange er geschlafen hatte, noch konnte er sich an den verrückten Traum erinnern. Der Traum war sowieso nicht halb so verrückt gewesen wie die Wirklichkeit, in der er seit diesem Montagmorgen lebte. Und doch hatte sich etwas verändert. Irgendetwas war noch viel seltsamer als vorhin. Er stützte sich grübelnd auf seine Unterarme und ließ den Blick über die Wiese wandern. Dann fiel es ihm auf: Das Gras war gewachsen! Er ließ die flache Hand über die langen Halme gleiten, bevor er aufstand und die Stelle betrachtete, auf er gerade noch gelegen hatte. Dort war das Gras ganz platt gedrückt – obwohl da vorhin nur kurz gemähter Rasen gewesen war. Den Hasen gefiel es, und auch den fingerdicken Grashüpfern, die plötzlich überall waren. Er bückte sich, öffnete die Hand und prompt landete eine der Heuschrecken darin. Er richtete sich auf und betrachtete das grünlich-braune Insekt, das seine langen Fühler hin- und herpendeln ließ, bevor es mit einem plötzlichen Satz im hohen Bogen davonsprang.

Wie kam es bloß, dass das Gras so schnell gewachsen war? Oder waren seit seinem Sprung vom Fünfmeterbrett etwa schon etliche Tage vergangen? Vielleicht war er in eine Raum-Zeit-Anomalie geraten. Janek hatte zwar keine Ahnung, was dieses Wort eigentlich genau bedeutete, aber bei *Star Trek* kam so was andauernd vor, da gab es Raum-Zeit-Spalten, die einen in eine ganz andere Zeit oder in ein Paralleluniversum katapultierten. Genau! Vielleicht war das die Lösung? Oder aber all das geschah nicht wirklich, sondern nur in seinem Kopf. Vielleicht hatte er in Wahrheit einen Unfall gehabt oder irgendwas, lag nun im Koma und bildete sich ein, als letzter Mensch der Welt auf einer Freibadwiese herumzustehen, während seine Eltern und Ada mit sorgenvoller Miene um sein Krankenbett herumstanden und bangten, dass er endlich aufwachen möge?

Wieder begann sich in seinem Kopf alles zu drehen – immer dann, wenn er versuchte, eine

Antwort auf all das zu finden. Der Kopf sollte damit aufhören!

Janek sammelte seine Klamotten ein, zog sich rasch an und verließ das Freibad. Draußen wartete sein Rad auf der menschenleeren Straße. Zwischen den Steinplatten, die den Gehweg bildeten, wucherte das Unkraut. Janek stieg kopfschüttelnd auf und fuhr los. Wieder ohne Ziel. Hauptsache, er bewegte sich irgendwohin, dachte er sich. Als er eine der vielen verwaisten Bahnstationen passierte, sah er das Datum auf der großen Anzeige. Es hatte sich nicht verändert, noch immer war es derselbe Montag Anfang Juli. Inzwischen ging es auf sechs Uhr zu. Ihn beschlich ein mulmiges Gefühl: In wenigen Stunden würde die Nacht kommen. Es war schon im hellen Sonnenschein gruselig genug, der letzte Mensch zu sein. Doch da konnte man sich wenigstens mit einem Freibadbesuch ablenken. Vor der Dunkelheit aber fürchtete er sich. Er musste nach Hause, sich verbarrikadieren.

Aber er fuhr nicht auf direktem Weg heim. Eine unterschwellige Ahnung ließ ihn einen Umweg nehmen, an seiner Schule vorbei. Klar – wenn wirklich noch irgendwo jemand anderes übrig geblieben war, würde dieser Jemand vermutlich nicht ausgerechnet Janeks Schule aufsuchen und unter dem Aufruf an der Tafel eine Antwort hinterlassen. Andererseits waren die Gesetze der Logik sowieso längst aufgehoben.

Das Hauptgebäude warf einen langen Schatten auf den Schulhof. Janek winkte den stummen Blechfiguren in der Eingangshalle zu, stieg in den zweiten Stock hinauf und fand das Klassenzimmer so vor, wie er es verlassen hatte, mit den umgeworfenen Stühlen auf dem Boden. Doch als er zur Tafel blickte, stockte ihm der Atem. Dort stand noch immer seine Nachricht von vorhin. Und darunter sah er eine Stelle voll milchig-staubiger Schlieren, so als hätte dort jemand rasch ein paar Worte fortgewischt, ohne den Schwamm vorher richtig nass gemacht zu haben. Janek fühlte den Puls in seinen Schläfen pochen. War das schon da gewesen, als er zum ersten Mal den Raum betreten hatte? Da war die Tafel blank geputzt gewesen. Oder nicht? Hatte er die Stelle bloß übersehen, einfach nicht beachtet, weil so was ja nun wirklich nichts Besonderes an einer Schultafel war? Zumindest dann nichts Besonderes, wenn man *nicht* verzweifelt auf das Lebenszeichen eines anderen Menschen wartete.

Unwillkürlich sah er sich um. Der Gedanke, dass er doch nicht ganz allein war, ängstigte ihn plötzlich. Natürlich wünschte er sich sehnlichst, nicht länger allein zu sein. Aber dieser andere sollte sich zeigen, anstatt mit ihm Verstecken zu spielen! Das konnte doch nichts Gutes bedeuten.

»Hallo!«, rief er und lief durch den Flur und die Treppen hinab. »Wer ist da? Bitte versteck dich nicht!«

Keine Antwort kam, kein Geräusch, kein Knistern, Rascheln oder Trippeln.

Als er das Gebäude verließ, hielt er inne. An mehreren Stellen war der graue Asphalt des Schulhofs aufgeplatzt, wo jetzt prachtvoller knallgelber Löwenzahn blühte und fast majestätisch auf seinem Kranz aus gezackten Blättern thronte. Rasch machte er sich auf den Heimweg.

Auf der »Grünfläche« vor den Garagen lag Tassilo. Rund um den Apfelbaum war das Gras in die Höhe geschossen. Und auch hier im Hof hatte sich der Löwenzahn durch den Boden gekämpft. Tassilo sprang auf, als Janek mit seinem Fahrrad in der Einfahrt erschien. Diesmal knurrte der Hund nicht, sondern stand bloß reglos da und schaute den Jungen erwartungsvoll an, wobei er eines seiner Ohren aufmerksam aufgestellt hatte. Und obwohl Janek dieses Tier aus ganzem Herzen hasste, freute er sich tatsächlich, Tassilo zu sehen.

Er stellte das Rad ab und ging ein paar Schritte auf den Hund zu. Der machte zwei, drei Schritte rückwärts und bellte einmal. Es klang wie eine Warnung, aber vielleicht wusste Tassilo selber nicht, was er wollte. Janek ließ von ihm ab und verschwand im Haus.

Unterwegs hatte er sich einen Plan zurechtgelegt, wie er sich für die Nacht einrichten wollte, und den setzte er nun in die Tat um. Als Erstes schleppte er den Fernseher in sein Zimmer und wuchtete ihn auf seinen Schreibtisch, bevor er den DVD-Player und die Wii anschloss. Aus der Küche holte er Toaster und Mikrowelle und jede Menge Vorräte und schließlich aus der Abstellkammer einen Eimer, falls er mal musste. Dann betrachtete er die Aufbauten auf seinem Schreibtisch. War das nicht eigentlich der absolute Traum eines elfjährigen Jungen? Einen ganzen Abend lang ohne Limit Wii spielen, DVD gucken und nebenher in der Mikrowelle Pizza und Würstchen heiß machen.

Na gut, die Pizza schmeckte nicht. Anders als im Backofen wurde sie nicht knusprig, nur heiß und matschig. Die Würstchen platzten auf und spritzten mit ihrem Saft die Glasscheibe des Gerätes voll. Janek schnitt die Pizza in handliche Ecken und legte die auf den Toaster. Der flüssige

Käse tropfte in den Toaster, brannte an und entwickelte eine dicke schwarze Wolke. Er riss das Fenster auf. Unten kam sofort Tassilo auf die Beine, bellte und sprang in die Luft. Ob der Hund wohl Hunger hatte? Janek griff nach dem Teller mit den aufgeplatzten Würstchen und warf sie in den Hof hinab. Der Riesenschnauzer stürzte sich gierig darauf, verschlang sie in Sekundenschnelle und bellte wie zum Dank, wobei er freudig mit dem Schwanz wedelte. Das hatte Janek noch nie bei Tassilo gesehen, genauso, wie er Herrn Hartmann noch niemals hatte lächeln sehen, solange er ihn kannte. Er überlegte, ob er Tassilo in die Wohnung lassen sollte. Dann wäre er nicht mehr ganz so allein. Doch wer weiß, ob Tassilo überhaupt mitkäme? Janek traute es sich ohnehin nicht.

Stattdessen widmete er sich der Wii, was unter normalen Umständen streng limitiert war – maximal eine Stunde am Tag. Jetzt konnte er sich austoben und war extrem überrascht, als es ihm nach zweieinhalb Stunden tatsächlich langweilig wurde. Allein war es eben doch nicht so lustig. Und jedes Mal, wenn er ein neues Spiel startete und die Anzahl der »Player« angeben musste, versetzte es ihm einen Stich. Draußen dämmerte es. Er ließ von der Wii ab, legte eine DVD ein und aß die

Reste der Pizza auf. Je dunkler es draußen wurde, desto weniger konnte er sich auf den Film konzentrieren. *Harry Potter* und *Star Wars* hatte er schon gar nicht angerührt, aber jetzt kamen ihm sogar *Cars 2* und *Toy Story 3* gruselig vor. Unter Gerümpel in seinem Schrank fand er noch ein paar alte DVDs mit *Benjamin Blümchen*, die gefielen ihm unter den gegebenen Umständen am besten.

Als es draußen ganz dunkel war, ging er noch einmal aufs Klo und putzte sich sogar die Zähne, bevor er aus dem Wohnzimmer noch einen Stuhl holte. Die Lehne klemmte er von innen unter die Türklinke seiner Zimmertür. Dann legte er sich ins Bett und schaute zum x-ten Mal, wie der dicke Elefant und sein kleiner Freund Otto dem unfähigen Bürgermeister so richtig eins auswischten. Janek hatte beschlossen, die DVD die ganze Nacht über laufen zu lassen. Hoffentlich würde der Schlaf bald kommen! Aber er war kein bisschen müde, warum auch? Schließlich hatte er erst am Nachmittag ein paar Stunden im Freibad geschlafen. Jetzt lag er also hellwach in seinem Bett, glotzte am Bildschirm vorbei und lauschte.

Die Nacht war voller Geräusche. Kurz stellte er den Ton am Fernseher ab und horchte, was da durch das gekippte Fenster drang. Grillen zirpten.

Eine Eule rief. Auf so etwas hatte er nie geachtet, denn normalerweise bildeten vorüberfahrende Autos und alle zehn Minuten die rasselnde Stadtbahn den vertrauten Klang der Nacht, manchmal mischten sich die Rufe irgendwelcher Jugendlicher darunter, die spät unterwegs waren. Diese Naturgeräusche hatte Janek nie vorher wahrgenommen. Wahrscheinlich hatte es sie mitten in der Stadt auch nie gegeben, solange da noch Menschen lebten. Als plötzlich eine Katze schrie, unterbrachen die Grillen ihr Konzert und für einen Moment herrschte Stille. Von irgendwo weit fort erscholl ein einsames, lang gezogenes Heulen. Ein Wolf! Dem er heute Vormittag auf dem Rückweg von der Schule begegnet war. Janek hielt den Atem an und lauschte. Blut rauschte in seinen Ohren. Schließlich setzte das Zirpen wieder ein.

Plötzlich fuhr er hoch! Er hätte schwören können, jemand habe unterdrückt gehustet, unten im Hof. Zitternd vor Aufregung und auch vor Angst öffnete er wieder das Fenster und spähte in die Dunkelheit hinaus. Auf der Grünfläche unter dem Baum lag Tassilo und gab einen dumpf gurgelnden Ton von sich. Vom ihm stammte das Husten, vielleicht hatte er sich verschluckt. Tassilo sah zum hell erleuchteten Fenster hinauf. Das Licht von

Janeks Deckenlampe spiegelte sich in seinen Augen, Janek erkannte die beiden winzigen Punkte unter den buschigen Augenbrauen des Riesenschnauzers. Das hier war das einzige erleuchtete Fenster in dieser Nacht, das einzige auf der Welt. Vermutlich. Es sei denn ... Er musste an die verwischten Schlieren an der Tafel in seinem Klassenzimmer denken.

Rasch schloss er das Fenster, zog das Rollo herunter, knipste den Ton wieder an und stellte ihn drei Balken lauter. Als letzte Maßnahme gegen die Angst kramte er seine Schultasche hervor und zog das Mathebuch heraus. Ein Schiff darf maximal 300 Tonnen Fracht laden. Es sind schon 320 Container mit jeweils 750 Kilo Fracht an Bord. Wie viele Container zu je 200 Kilo kann das Schiff noch zuladen? Und warum war es wichtig, dass Janek Janczar aus der 5b das ausrechnete? Er hatte nicht die Absicht, Schiffskapitän zu werden oder Hafenarbeiter, und selbst die würden für so was sicher einen Computer benutzen.

Trotzdem schnappte er sich ein Blatt Papier und einen Bleistift. Und wie er da im Schneidersitz auf seinem Bett hockte, mit dem Mathebuch auf dem Schoß, befiel ihn plötzlich die Hoffnung, es könnte nach dieser Nacht vorbei sein: Die Sonne würde aufgehen, Mama würde ihn wie immer wecken, es wäre wieder Montagmorgen und der Horrortag mit Klassenarbeit könnte beginnen. Und dann wäre er immerhin vorbereitet. Also klammerte er sich an das Buch und marterte sein Hirn mit der Aufgabe, als könne er auf die Weise die normale Welt mit Gewalt zurückholen. Aber er hatte einfach keine Idee, wo er überhaupt anfangen sollte. Tonnen und Kilo und Container aller Größen kreisten in seinem Kopf umher, bis Janek schließlich doch einschlief.

4

Als er aufwachte, hatte er einen ganz steifen Hals. Er drehte sich mühsam um. Kein Wunder, er hatte auf dem aufgeschlagenen Mathebuch geschlafen. Lautes Tröten hatte ihn geweckt. Es stammte vom *Elefanten Benjamin*, der die ganze Nacht über in einer Endlosschleife durch Neustadt gestampft war. Janek rieb sich die Augen und erkannte die technischen Aufbauten auf seinem Schreibtisch: Fernseher, DVD-Player und Wii, Toaster und Mikrowelle. Alles war so, wie es beim Einschlafen gewesen war. Es hatte nicht Plopp gemacht, die Raum-Zeit-Spalte hatte ihn nicht wieder ausgespuckt, er war nicht aus seinem Koma aufgewacht. Keine Mama weckte ihn. Der Albtraum ging einfach weiter.

Als Allererstes griff er zum Telefon. Nichts. Internet? Radio? Fernsehen? Tot. Tot. Tot. Er zog das Rollo hoch und blinzelte nach draußen. Wie an jedem Morgen zu dieser Jahreszeit stand die Sonne genau gegenüber und blendete ihn. Trotzdem erkannte Janek seinen Hinterhof – das heißt: Eigentlich erkannte er den Hof *nicht* wieder. Wo gestern schon vereinzelt Löwenzahn hervorgebrochen war, hatte jetzt eine dicke Schicht aus Moosen den ganzen Boden überzogen. Unkraut wucherte überall, Efeu rankte zwischen den Garagentoren und unter dem Apfelbaum in der Mitte wogte kniehoch das Gras. Als Janek ungläubig das Fenster öffnete und sich hinauslehnte, schob sich aus dem dichten Gras eine Hundeschnauze hervor. Tassilo kam zum Vorschein, sah zu Janek hoch und winselte leise.

»Guten Morgen, Herr Nachbar«, rief Janek und genoss es, ein Lebewesen anzusprechen. »Gut geschlafen?«

Der Schnauzer wedelte matt mit dem Schwanz und wiederholte sein klägliches Winseln.

»Du hast Hunger«, vermutete Janek. »Ich besorg dir was.«

Er sah sich im Zimmer um. Dort gab es noch eine inzwischen aufgetaute Tiefkühlpizza, zwei Dosen Thunfisch, Müsli und Joghurt. Der Supermarkt fiel ihm ein. Ob sich die Türen öffnen würden, wenn er davorstand? Strom gab es ja. Im Zweifel müsste er einbrechen, es war ein Notfall und außerdem niemand da. Trotzdem steckte er, einem Impuls folgend, etwas Geld ein, nachdem er sich angezogen hatte, und lief hinunter. Draußen spürte er das weiche Moos unter den Füßen.

»Ich geh einkaufen«, sagte er zu Tassilo. »Kommst du mit?«

Der Hund wedelte verhalten mit dem Schwanz, rührte sich aber nicht von der Stelle. Janek zuckte mit den Achseln.

»Na gut, dann bis später.«

Die Worte fühlten sich in seinem Mund seltsam an, irgendwie fremd, nachdem er einen ganzen Tag mit niemandem gesprochen hatte. Als müsse er sich mühsam an die richtige Aussprache erinnern.

Janek lief die Straße entlang bis zur Kreuzung. Auch hier hatten sich Moos und Unkraut breitgemacht, die Straßenmarkierungen waren kaum noch zu erkennen. An der Kreuzung stand noch immer die leere Stadtbahn. Die Anzeigetafel nannte das Datum: Dienstag, 5. Juli.

Direkt unter der Tafel stand normalerweise jeden Morgen ein Typ mit Headset und Aktenkoffer und zwei Meter daneben eine schlecht gelaunte blonde Frau mit ihrem unter der Schulter eingeklemmten rosa Handtäschchen. An der Glaswand des Wartehäuschens lehnte immer ein dickes Mädchen in schwarzen Klamotten, das mit geschlossenen Augen Musik hörte. Es öffnete die Augen eigentlich nur, um sich in der Bahn einen Platz zu suchen, und sah dabei sehr traurig aus. Janek kannte fast alle Gesichter der Menschen, die montags bis freitags um Viertel vor acht hier standen und auf die Bahn warteten, jeder auf seinem angestammten Platz, als hätte irgendwann mal jemand eine Zeichnung gemacht und jedem Mitfahrer einen ganz bestimmten Flecken zugewiesen.

Auch Janek hatte seine Stelle neben dem Fahrkartenautomaten, wo er manchmal mit zwei Jungs aus der Parallelklasse redete oder allein seinen Gedanken nachhing, meistens aber nur sehr kurz, denn er kam immer ganz knapp und quetschte sich mit den anderen in die Bahn, die auf dem Weg zur Arbeit waren oder zur Schule oder weiß der Geier. Es hatte ihn nie interessiert, was all die Leute taten, wohin sie fuhren, wie sie hießen, wovon sie träumten. Der Typ mit dem Headset, die Blonde mit dem rosa Täschchen, das traurige dicke Mädchen – Janek vermisste sie alle ganz entsetzlich.

Er wandte sich ab und trat vor die Tür des Supermarktes. Von außen gesehen wirkte das Innere ein bisschen unheimlich, weil sich nach hinten tiefe Dunkelheit erstreckte. Vielleicht hätte er besser eine Taschenlampe eingesteckt. Aber zunächst einmal musste er überhaupt hineingelangen. Doch als er noch einen Schritt auf den breiten Eingang zu machte, schoben sich die gläsernen Türen so selbstverständlich auseinander, wie sie es immer taten. Janek trat ein. Und plötzlich knisterte es an der Decke über ihm. Flackerndes Licht züngelte durch den ganzen riesigen Raum, es waren die Leuchtröhren unter der Decke, die ansprangen. Vermutlich gab es einen Bewegungsmelder.

Janek hatte noch nie Tierfutter gekauft, er wusste weder, was genau er brauchte, noch, wo es stand. Natürlich hatte er sich als kleines Kind ein Haustier gewünscht, wie alle Kinder, aber ohne Erfolg. Papa war es egal gewesen, aber Mama hatte sich unerbittlich gezeigt. Die ganze Arbeit bliebe doch wieder an ihr hängen, hatte sie gesagt, und sie sei mit Job und Mann und zwei Kindern mehr als ausgelastet.

Hinter dem Regal mit Klopapier und Putzmitteln fand Janek Futter für Hunde und Katzen, Vögel und Meerschweinchen. Ein bisschen ratlos stand er vor der Ansammlung aus Dosen, Säcken,

Beuteln und Schachteln. Schließlich entschied er sich für drei Dosen mit der Aufschrift *Rinderherzen* und einen großen Sack Hundekuchen. Das Ganze war nicht leicht zu tragen. Janek wollte sich schon vorn an der Kasse eine Tüte holen, dann überlegte er es sich anders, fummelte eine Euromünze aus der Hosentasche und löste einen Einkaufswagen von der Kette, in dem er das Futter verstaute. Dann streifte er mit dem Wagen durch die Gänge und fühlte sich plötzlich vom schieren Überfluss überwältigt. Wie in einem Anfall riss er Chipstüten, Schokoladentafeln und Colaflaschen aus den Regalen und stapelte sie in seinem Wagen, plünderte die Tiefkühltheke mit Pizza, Pommes und Eiscreme und hielt erst inne, bis nichts mehr in den Wagen passte. Dann überkam ihn schlechtes Gewissen. Aber warum? Niemand war hier außer ihm, all das würde verschimmeln und verfaulen, er konnte nehmen, was er wollte.

Zögernd schob er den Wagen zum Ausgang und blieb an der Kasse stehen. Dann zog er einen Zehneuroschein aus der Hosentasche, den er vorhin eingesteckt hatte, und legte ihn in die flache Schale über dem Laufband. Er fand es zwar selbst bescheuert, hatte aber hinterher ein besseres Gefühl. Nun überlegte er, wie er seine Beute am besten heimschaffen konnte. Aber warum das alles extra in Tüten packen? Grinsend schob er den Einkaufswagen hinaus, bog damit in seine Straße ein und schließlich durch die Einfahrt in den Hof, wo ihn Tassilo freudig erwartete.

Janek nahm eine der Dosen aus dem Wagen und riss sie auf. Mit wenigen langen Sätzen kam der Hund angewetzt und sprang an ihm hoch. Janek überlegte, einen Napf, eine Schüssel oder Ähnliches von oben zu holen, aber Tassilo schien das völlig unwichtig zu finden. Also stellte er die Dose auf den Boden und der Riesenschnauzer machte sich schmatzend über den Inhalt her.

Dann schleppte Janek die »Einkäufe« nach oben. Als er alles verstaut hatte, stand er eine Weile einfach nur da. Was sollte er als Nächstes tun? Irgendetwas musste er doch mit diesem Tag anfangen. Und mit dem danach. Und mit allen weiteren ... Sonst hatte er sich darüber keine Gedanken machen müssen, war froh um jede freie Minute gewesen zwischen Schule und Fußball und dem Stress mit Eltern und Schwester. Er musste etwas tun, nicht nur die Zeit totschlagen, sondern etwas Sinnvolles unternehmen.

Im Schlafzimmer der Eltern standen ein Computer und der Drucker. Janek schaltete beides ein, dann legte er ein Dokument mit riesiger Schriftgröße an: FALLS NOCH JEMAND ÜBRIG IST, schrieb er in fetten Buchstaben, MELDE DICH BEI JANEK JANCZAR! Darunter platzierte er seine Adresse. Dann druckte er die Seite aus. Und noch mal. Und noch mal. Nach achtzig Blättern musste er Papier nachfüllen, nach vielleicht zweihundert Blättern stellte das Gerät mit einem resigniertem Piepsen seinen Dienst ein. Die Druckpatrone war leer.

Janek klopfte den dicken Stapel zurecht, den er produziert hatte. Das Papier war warm und roch auf seltsame Weise gut. Er verstaute den Stapel in seinem Rucksack und verließ die Wohnung. Unten im Hof stürmte Tassilo freudig auf ihn zu, sprang wieder an ihm hoch und leckte ihm mit seiner dicken Zunge, die nach Rinderherzen stank, einmal quer über das Gesicht. Ein herrliches Gefühl. Janek ließ den Rucksack von der Schulter gleiten, griff den Hund bei den Ohren und rief: »Ich mag dich auch, du blödes Vieh! Ich mag dich auch. Wir müssen jetzt zusammenhalten, klar?«

Tassilo löste sich aus seinem Griff, sprang ein paar Meter fort und dann im Kreis herum, als führe er einen Tanz auf, dann wieder auf Janek zu und der ließ sich mit dem Hund ins weiche Moos plumpsen. Eine Weile balgten sie ausgelassen miteinander herum und Janek kam sich vor wie in einem alten Kinderfilm, einem dieser Filme, die manchmal an Wochenenden nachmittags im Fernsehen laufen, wo irgendwelche Jungs irgendwelche Hunde treffen und alles so schön sein könnte, bis ein Problem auftaucht, meistens mit den Eltern oder irgendwelchen Bösewichten. Aber wie groß auch immer die Hindernisse sind – Junge und Hund überwinden sie alle, bevor am Schluss sämtliche Beteiligten um einen großen Tisch versammelt sitzen und den glücklichen Ausgang der Ereignisse feiern.

Ernüchtert richtete Janek sich auf. Er kannte keinen Film wie diesen, in dem er gerade mitspielte. Es fiel ihm schwer, sich ein glückliches Ende vorzustellen – wie es ihm überhaupt schwerfiel, sich seine Eltern, seine Schwester, seine Freunde vorzustellen. Als begänne bereits seine Erinnerung an ihre Gesichter und Stimmen zu verblassen.

Tassilo setzte sich und sah den Jungen aufmerksam an.

»Na komm, altes Vieh«, meinte Janek schließlich und hob seinen Rucksack auf. »Wir haben Arbeit vor uns.«

Zunächst überlegte er, die Blätter einfach vom Fahrrad aus nach rechts und links abzuwerfen wie Zeitungsboten in amerikanischen Fernsehserien. Aber das erschien ihm zu verschwenderisch. Und außerdem würde es auf diese Weise einfach nicht lange genug dauern. Das sollte es aber. Schließlich brauchte er Zeit, um sich eine neue Aufgabe zu überlegen, bis alle Blätter verteilt waren. Rasch holte er eine dicke Rolle Klebeband aus der Wohnung, dann schwang er sich aufs Rad und fuhr los.

Janek wünschte sich, er besäße ein richtiges Mountainbike. Der Straßenbelag war überall aufgeplatzt, die Asphaltränder stellten sich hart gegen die schmalen Reifen. Schlingpflanzen zogen sich quer über die Fahrbahn. Teilweise war der Boden mit Moos bedeckt wie im Hof, an anderen Stellen hatte die Verwitterung große Schotterflächen entstehen lassen. Das war keine Straße mehr, sondern Wildnis. Tassilo mochte es und lief so selbstverständlich neben Janek her, als täten beide seit Jahren nichts anderes, als Zettel an Laternenpfähle zu hängen. Was allerdings gar nicht so einfach war, denn um die meisten Pfähle rankte sich inzwischen dichter Efeu. An manchen hingen schon Zettel und jedes Mal schlug Janeks Herz aufgeregt, weil er auf das Lebenszeichen eines anderen Menschen hoffte. Dann stand da aber nur: *Katze vermisst. Wer hat Minka gesehen?* Oder: *Ich streiche und tapeziere Ihre Wohnung akkurat und unschlagbar günstig. Rufen Sie mich an!*

Immer wieder kehrten Janeks Gedanken zu der Tafel in seinem Klassenzimmer zurück, zu seiner Nachricht und den verwischten Spuren darunter. Genau wie am Vortag hatte er zwischendurch mehrmals kurz das Gefühl, jemanden gehört oder gesehen haben. Eilige Schritte. Ein Husten. Ein unterdrücktes Lachen. Nichts davon war wirklich da. Jedes Mal, wenn er verwirrt innehielt, lauschte, den Kopf nach allen Seiten drehte und dann seufzend wieder in die Pedale trat, warf Tassilo ihm einen Blick zu, den man als aufmunternd verstehen konnte. Egal, was der Hund wirklich meinte oder dachte – Janek war unendlich froh, nicht mehr allein durch die Straßen zu streifen.

Es war noch heißer als am Tag zuvor. Bald schon spürte Janek, wie ihm der Schweiß ins Gesicht und am Rücken herunterlief. Tassilo ließ hechelnd seine Zunge aus dem Maul hängen. Dummerweise hatte Janek nichts zu trinken eingepackt und auch nichts zu essen. Hunger zerrte an seinem Magen. Wie blöd von ihm – da hatte er am Morgen den halben Supermarkt ausgeräumt, dabei aber völlig vergessen, selber etwas zu frühstücken. Den allerletzten Zettel klebte er an das Schaufenster einer Bäckerei und spähte durch die Scheibe. Drinnen sah es so aus, wie Bäckereien abends eben aussehen, nachdem die

Verkäuferinnen aufgeräumt haben – die Theke und die Regale dahinter waren sauber und leer. Im Schaufenster aber prangte eine große Schokotorte. Janek drückte gegen die gläserne Eingangstür. Sie war verschlossen und gab auch nicht nach, als er sich mit Wucht dagegenwarf. Tassilo sprang auf und ab, bellte und freute sich offenbar über etwas Action. Janek schaute sich um. Natürlich war es nicht okay, einfach hier einzubrechen. Aber nachdem er schon den Supermarkt geplündert hatte, kam ihm so ein kleiner Einbruch gar nicht so viel schlimmer vor. Er brauchte bloß etwas, womit er die Glastür einschlagen konnte. Am besten einen Baseballschläger, aber so was lag nicht einfach auf der Straße herum. Was er sah, war eine Mülltonne. Vielleicht ginge es damit. Er rollte das schwere schwarze Ungetüm heran, schob es vor die Tür und zögerte. Er konnte die Tonne unmöglich anheben und werfen. Höchstens mit Anlauf gegen die Tür knallen und hoffen, dass dann irgendwas passierte. Janek wusste schon, dass es Quatsch war, versuchte es aber trotzdem. Er rollte die Tonne von der Tür weg bis zur Bordsteinkannte, dann packte er den Griff mit beiden Händen, kippte sie ein wenig, holte tief Luft und rannte mit seinem Rammbock gegen die Tür. Mit dumpfem Poltern warf die Tür den Angreifer zurück. Janek taumelte, plumpste auf den Hintern und sah wie in Zeitlupe die Tonne kippen, bevor ihn ein Schwall praller, stinkender Müllbeutel unter sich begrub. Die Tür war unversehrt.

»Verdammte Kackscheiße!«, fluchte Janek und rappelte sich auf. Das Fluchen tat gut.

Tassilo war begeistert von dem neuen Spiel und begann sofort, mit seiner Riesenschnauzernase zwischen den Beuteln herumzuwühlen.

»Igitt, hör auf!«

Janek kickte ein paar der Säcke fort, was den Hund natürlich nur noch mehr animierte. Janek entfernte sich einige Meter von der stechend stinkenden Unglückstelle und hockte sich auf den Bordstein. Grübelnd rupfte er Grasbüchel aus dem Ritzen zwischen den Pflastersteinen heraus. Natürlich! Das war die Lösung. Er kniete sich hin und grub fieberhaft mit den Fingernägeln einen der quadratischen dunkelroten Steine aus dem Boden. Nach dem ersten löste sich der zweite ganz leicht. Janek schleuderte einen Stein in die Scheibe und erschrak selbst über das schneidende Klirren des berstenden Glases. Ein großes Loch klaffte in der Scheibe. Janek ging heran und schlug vorsichtig mit dem zweiten Stein in der Hand die scharfen Zacken so weit ab, bis die Öffnung groß genug war, dass er hineingelangen konnte.

»Du wartest hier«, sagte er zu Tassilo. Das Tier sah ihn fragend an. »Da drin liegt alles voller Scherben und ich will nicht, dass du dir die Pfoten zerschneidest, klar? Also sitz!«

Augenblicklich setzte sich der Hund. Herr Hartmann war zwar ein griesgrämiger und strenger Zeitgenosse, aber man musste ihm lassen, dass sein Hund offenbar perfekt erzogen war. Janek betrat die Bäckerei, in der es angenehm frisch war. An der Wand gegenüber der Theke stand ein Kühlschrank, gefüllt mit Milch- und Kakaoflaschen, Limonaden und Säften. Hervorragend. Aber zunächst brauchte er etwas für Tassilo. Durch eine Türe an der hinteren Wand gelangte er in eine Backstube mit riesigen Öfen und breiten, mehlbestäubten Tischen. Auf den Regalen türmte sich allerlei Gerät. Janek nahm eine Plastikschüssel herunter, füllte sie mit Wasser aus dem Hahn, von dem er selber auch gierig trank, dann trug er die Schüssel hinaus auf die Straße. Als er sie auf den Boden vor Tassilo stellte, schwammen zwei, drei dicke, dunkelrote Blutstropfen darin, die rasch rosa wurden und sich mit dem Wasser vermischten. Ein vierter tropfte hinein. Janek drehte seine Hände hin und her und erkannte einen klaffenden Schnitt auf dem linken Handrücken, den er gar nicht bemerkt und auch nicht gespürt hatte. Erst jetzt tat es weh, in dem Moment, in dem er die Verletzung sah. Ärgerlich wischte er die Hand an seinem T-Shirt ab und lief wieder hinein, holte eine Flasche eiskalte Limo aus dem Kühlschrank und hob die Schokotorte aus der Schaufensterauslage. Beides trug er hinaus und machte es sich auf dem Gehweg – in einiger Entfernung zu dem Müllberg – bequem. Natürlich hätte er rasch noch einmal zurücklaufen und ein Messer holen können, aber das war ihm egal. Er griff einfach mit der unverletzten Hand in die Torte, riss ein großes Stück heraus und warf es Tassilo hin.

»Hoffentlich verträgst du so was überhaupt«, sagte er. »Nicht, dass du Bauchweh kriegst.«

Der Hund sprang auf und verschlang das Tortenstück. Auch Janek stopfte einen großen Brocken in sich hinein. Der Schokoguss schmolz augenblicklich unter der sengenden Sonne, und als Janek seine Hände erneut an seinem T-Shirt abwischte, war das Oberteil blut- und schokoverschmiert. Noch immer sickerte Blut aus der Wunde. Kurzentschlossen zog Janek das Shirt aus, zögerte, dann riss er einen Streifen vom Saum bis zum Halsabschnitt heraus, wand ihn mit der rechten um die linke Hand und verknotete ihn, so gut es ging. Den Rest des Stoffes riss er noch einmal durch und faltete das eine Stück zu einem Tuch, das er sich wie ein Pirat um den Kopf band. Noch immer schwitzte er wie verrückt und das Shirt hielt ihm nun Gesicht und Nacken frei. Aus dem anderen Fetzen machte er ein Halsband für Tassilo. Es hatte keinen besonderen Grund. Vielleicht gab es ihm irgendwie das Gefühl, dass Tassilo von nun an zu ihm gehörte. Der Hund bekam ein weiteres Tortenstück, den Rest vertilgte Janek selbst, bevor er die Limonade fast in einem Zug leerte. Sein markerschütternder Rülpser donnerte durch die menschenleere Straße und Janek musste kurz an Enver denken, der ihm dafür sicher die volle Punktzahl gegeben hätte. Sie hatten nämlich ein Punktesystem für die Bewertung von Rülpsern und Furzen ausgeklügelt, was bei allen anderen Menschen in ihrer Umgebung für Abscheu sorgte, längst nicht nur bei den Erwachsenen. Hier störte es leider niemanden und machte eigentlich auch gar keinen richtigen Spaß. Trotzdem sah er sich unwillkürlich um, bis sein Blick an einem Geschäft am Ende der Straße hängen blieb. *Künstlerbedarf* stand über dem Schaufenster. Unvermittelt grub Janek zwei weitere Pflastersteine aus.

»Komm, Tassilo.«

Diesmal passte er besser auf und gelangte unverletzt in den Laden, wo er zwischen einem Heer von Farbtuben, einem Wald aus Staffeleien und hohen Regalen voll geheimnisvoller Kisten und Kästchen Sprühkreide fand – genau, was er suchte. Seine Zettel waren zwar aufgebraucht, aber die Mission ging weiter. Er sprühte seinen Satz auf Hauswände, Fensterscheiben, Stromverteilerkästen, Plakatwände und drang mit Tassilo immer weiter in fremde Stadtviertel vor, in denen er noch nie gewesen war. Jedenfalls *meinte* er, noch nie dort gewesen zu sein, denn die wuchernde Pflanzenwelt schien das Gesicht der Straßen und Häuser beinahe stündlich zu verändern.

Ganz plötzlich fiel es ihm ein: Er durfte sich nicht verfahren! Nichts wäre schlimmer, als in dieser menschenleeren Wildnis nicht mehr nach Hause zu finden. Manchmal waren an großen Kreuzungen Stadtpläne angebracht, auf der Rückseite von Werbetafeln. Er war zwar nicht gerade gut darin, so eine Karte zu lesen, trotzdem hielt er ab jetzt die Augen danach offen. An der nächsten großen Gabelung, die sie erreichten, gab es keinen solchen Stadtplan. Dafür aber eine Station der Stadtbahn. Auf breiten Schildern waren dort wie an jeder Station die Fahrtrichtungen angegeben. Der Pfeil *Zentrum/Hauptbahnhof* zeigte nach rechts.

»Komm, Tassilo«, sagte Janek und stieg von seinem Fahrrad ab. »Lass uns auf Nummer sicher gehen.«

Er schob sein Rad neben den Schienen her. Am Bahnhof kannte er sich ein wenig aus, wusste zumindest den Weg von dort nach Hause.

5

Das Sprühen hatte er längst eingestellt, er schleppte sich nur noch mit Mühe vorwärts. Die drückende Hitze schien ihm das Hirn auszuquetschen. Das Piratentuch war schweißdurchtränkt, seine Haut war von einem schmierigen Film überzogen und fühlte sich glitschig an. Die Wunde auf der linken Hand pochte. Janek wusste selber nicht, warum sie weiter und immer weiter gingen. Sie konnten doch eine Pause machen, irgendwo an einem schattigen Plätzchen, und warten, bis die schlimmste Mittagshitze vorbei war. Aber etwas hinderte ihn daran. Solange sie liefen, hatte Janek wenigstens das Gefühl, dass es irgendein Ziel gab. Er hatte Angst davor, sich hinzusetzen und die Gedanken kommen zu lassen – so wie gestern, als er beinahe geglaubt hatte, den Verstand verlieren zu müssen. Sie nahmen eine lang gezogene Kurve und sahen an deren Ende die Schienen zwischen hohen Häuserzeilen im Boden verschwinden. Kurz hielt Janek inne und auch Tassilo blieb hechelnd stehen, sah seinen neuen Freund fragend von unten an.

»War 'ne blöde Idee, dem Gleis zu folgen«, brummte Janek. »In den Tunnel geh ich jedenfalls nicht runter.«

Er kniff die Augen zusammen, hielt die Hand an die Stirn und spähte zu der gähnenden Öffnung, wo die Gleise im Untergrund verschwanden. Etwas bewegte sich dort. Mehreres bewegte sich. Monster! Auch Tassilo sah sie; oder roch sie, witterte sie. Sein ganzer Körper straffte sich. Der Hund kam Janek plötzlich vor wie eine gespannte Bogensehne, als warte das Tier nur auf Janeks Befehl, um pfeilschnell loszuschießen.

Quatsch, Monster! Was da so riesenhaft und doch geduckt im Schatten lagerte und ab und an träge kauend mächtige, imposant gehörnte Köpfe hin- und herwiegte, das war ein Rudel Hirsche.

»Bei Fuß!«, sagte Janek streng.

Tassilo gehorchte anstandslos. Mit offenem Mund näherte sich Janek dem Rudel und Tassilo hielt sich dicht an seiner Seite, auch wenn ihm das nicht gefiel. Vermutlich wäre er am liebsten drauf zugestürmt. Es waren sechs oder sieben Tiere, die am Tunneleingang Schutz vor der sengenden Sonne suchten. Sie beobachteten die beiden Neuankömmlinge skeptisch. Eines erhob sich und richtete sich würdevoll zu seiner vollen Größe auf. Unwillkürlich blieb Janek stehen. Der Hirsch war mindestens zwei Meter groß, das konnte er auch auf die Entfernung erkennen. Das Geweih mit seinen vielen Enden saß auf dem Kopf wie eine riesige Krone. Er hatte nichts mit den Rehen gemein, denen Janek schon am Vortag begegnet war und wie er sie von den sonntäglichen Besuchen im Tierpark kannte, vom Füttern und Streicheln. Großer Respekt erfüllt ihn und zugleich drängte es ihn, näher heranzugehen und die Hirsche zu betrachten. Plötzlich zuckte das Tier und alle anderen mit ihm – wie ein Ruck, eine Schockwelle, die durch das ganze Rudel ging. Für eine Sekunde stand alles starr: Janek und Tassilo und die Hirsche drüben im Schatten. Dann, wie auf ein stummes Kommando, sprangen die riesigen Tiere los. Genau auf den Jungen und den Hund zu.

»He«, rief Janek entgeistert, »warum greifen die uns an?« Er wollte abhauen, ließ es aber doch bleiben, weil er viel zu langsam gewesen wäre; er riss das Fahrrad herum, als könne er sich dahinter verstecken, und griff gleichzeitig nach Tassilos Halsband. Schon war das Rudel heran. In donnerndem Galopp stoben die Tiere an ihnen vorbei. Sie interessierten sich kein bisschen für die beiden verschwitzten Gestalten mitten auf dem Bahngleis, sprangen um sie herum, als wären sie leblose Statuen. Tassilo riss sich los und verfolgte das Rudel vielleicht hundert Meter weit, bevor er endlich auf Janeks Schreie reagierte, seine Jagd abbrach und zu dem Jungen zurücktrottete. Janek strich dem Hund nervös über den Kopf und wandte sich wieder zum Tunneleingang um. Die Hirsche hatten überhaupt nicht angreifen wollen. Sie waren geflohen! Vor was?

Menschen!, schoss es Janek durch den Kopf. Vielleicht lebten dort unten Menschen. Wovor sollten sich so mächtige Tiere wie diese Hirsche schließlich sonst gefürchtet haben? Wohl kaum vor Hasen und Igeln. Noch immer strich Janek über Tassilos Kopf – weniger, um den Hund zu beruhigen, als sich selbst. Doch das half nichts. Bis zum Hals spürte er sein Herz schlagen. Konnte es wirklich noch andere Menschen geben? Aber warum versteckten sie sich im Untergrund? Was hatten sie zu verbergen? Zombies ... Janek erschrak vor seinem eigenen Gedanken. Was, wenn es Zombies waren? Die sich im Dunkeln verkrochen, weil Sonnenlicht tödlich für sie wäre. Oder Vampire? Oder ...

Tassilo straffte sich plötzlich. Seine Ohren stellten sich senkrecht auf und auch die Haare seines kurzen Fells schienen sich aufzurichten. Er zog die Lefzen hoch, zeigte seine Eckzähne und ließ ein tiefes Knurren hören.

Janek ging in die Hocke, legte seinen Kopf ganz dicht an den des Hundes und flüsterte: »Was ist da unten, Tassilo? Was kann da nur sein?«

Das musste Tassilo wie einen Befehl aufgefasst haben. Denn er bellte einmal kurz auf, tat einen großen Sprung und wetzte los, auf den Tunneleingang zu.

»Nein!« Janeks Schrei hallte unheimlich von den Hauswänden wider. »Tassilo, nein! Komm zurück!« Wie festgewurzelt stand er auf dem Bahngleis und sah hilflos zu, wie der Hund im Tunneleingang verschwand. Nach wenigen Sekunden hatte ihn das Dunkel verschluckt.

»Er kommt zurück«, sagte Janek laut, »er kommt zurück. Er muss!«

Nichts geschah. Janek starrte auf das schwarze Loch am Ende der Schienen und lauschte auf ein Bellen. Aber da war nur das allgegenwärtige Zirpen der Grillen. Irgendwo hoch in der Luft schrie ein Raubvogel. Der konnte sicher die ganze Stadt überblicken auf seiner rastlosen Suche nach Beute, aber in den Untergrund konnte selbst er nicht spähen.

Janek schmeckte salzige Tränen auf seinen ausgetrockneten Lippen. Mechanisch bückte er sich nach dem Rad und hob es vom Boden auf. Seine Beine waren weich wie Pudding und er stützte sich auf den Lenker, während er das Rad über den Schotter zwischen den Schienen schob. Wie in Zeitlupe setzte er einen Fuß vor den anderen, immer in der Hoffnung, dass im nächsten Augenblick Tassilo fröhlich bellend wieder zum Vorschein käme.

»Ich geh da nicht rein«, murmelte Janek unablässig, »ich geh da nicht rein«, während er dem Tunneleingang Schritt für Schritt näher kam.

Er musste Tassilo wiederfinden, das stand so unumstößlich fest wie ein Naturgesetz. Der Köter, den er noch bis gestern absolut gehasst hatte, war in dieser verwunschenen, menschenleeren Wildnis einfach alles, was er noch hatte. Das Gleisbett neigte sich nach unten, der gähnenden Öffnung entgegen. Rechts und links von ihm stiegen die Wände empor, auf denen ein eisernes Geländer die Fußgänger vor dem Sturz in die Tiefe schützte. Fußgänger, die es nicht mehr gab. Das Geländer diente nur noch den Kletterpflanzen als Stütze. Dann fiel der Schatten des Tunnels auf sein Gesicht und er zwang sich weiterzugehen. Würde er einmal stehen bleiben, das spürte Janek, würde er keinen Schritt mehr tun, sondern umkehren und fortrennen. Bloß wohin? Ohne Tassilo. Ein Luftzug wehte ihm entgegen, er roch nach Metall und Gummi. Stadtbahn-Luft. Das Normalste der Welt eigentlich, zumindest in der Welt, in der er bis gestern gelebt hatte. Langsam ging er dem Dunkel entgegen. Das Licht hinter ihm wurde klein und kleiner, Dämmerung umfing ihn. Der Tunnel machte eine leichte Biegung nach links. Die letzten Sonnenstrahlen blieben an der linken Wand hängen, hinter der Kurve begann endgültig das schwarze Nichts. Er wollte ein Lied singen, um sich Mut zu machen. Doch ihm fiel überhaupt keines ein. Als würde alles, was vor diesem Montag geschehen war, in einem nebeligen Meer des Vergessens versinken. Verdammt, dachte er, irgendein Lied, irgendein scheiß Lied, zur Not von diesem – wie hieß der noch mal? Er wusste schon, dass es nicht das Vergessen war, das ihm drohte, sondern schlichtweg die Angst, die ihn in ihren Klauen hielt und ihm die Fähigkeit raubte, sich selbst auf das Allereinfachste zu konzentrieren. *Hänschen klein* kam ihm in den Sinn. Er öffnete den Mund, um zu singen, aber kein Laut drang aus seiner ausgetrockneten Kehle. Wie in einem ganz miesen Traum. Doch eigentlich war das auch gut so, dachte er dann, denn wenn sein Lied durch den Tunnel hallte, wer weiß, wen er damit aufschreckte? Wen oder *was*.

»Hänschen klein«, flüsterte er sich vor sich hin, während er einen Schritt nach dem anderen machte. »Hänschen klein/ging allein/in die weite Welt hinein. Stock und Hut ... Stock und Hut ... kackegal.« Da sah er in der Ferne ein Licht. Ja! Dort hinten musste der Ausgang liegen, dieser Tunnel schien nur ganz kurz zu sein. Vielleicht wartete Tassilo dort im Sonnenschein auf ihn. Unvermittelt spürte Janek neue Kraft in seine Beine strömen und bewegte sich jetzt merklich schneller auf das Helle zu. Doch je näher er kam, desto klarer wurde ihm, dass es nicht nach oben ging. Das war kein Sonnenlicht, das ihn da erwartete, sondern das künstliche, kalte Licht einer Station mit grau gekachelten Wänden.

»Tassilo!«, rief Janek und lauschte.

Tatsächlich antwortete von irgendwoher ein Winseln. Rasch wuchtete Janek sein Fahrrad auf den Bahnsteig, dann zog er sich selber hoch und blickte sich um. Leere Anzeigetafeln und verwaiste Bänke empfingen ihn, ein nutzloser Fahrscheinautomat und eine einsame, zerdrückte Bierdose. Wieder rief Janek nach Tassilo, aber diesmal kam keine Antwort.

Zwei reglose Rolltreppen führten nach oben, zwei weitere nach unten. Offenbar hatte er einen Knotenpunkt erreicht, wo noch weiter in der Tiefe eine andere Fahrröhre diejenige querte, durch die er gekommen war. Doch von wo war das Winseln gekommen?

»Tassilo! Mein guter, braver, lieber Tassilo!« Lauschen. Stille. »Tassilo, altes Vieh, lass mich nicht hängen.« Stille. »Bitte, Tassilo!«

Plötzlich ein Geräusch, tapsende Pfoten auf dem Fliesenboden, es kam von oben. Dazu ein Hecheln. Mit einem Freudenschrei stürmte Janek die stählernen Stufen hinauf, oben reckte sich ihm eine Schnauze entgegen. Aber die gehörte nicht Tassilo. Jäh hielt Janek inne und starrte entsetzt in ein gelbes Augenpaar. Kein Zweifel, er stand einem richtigen, echten Wolf gegenüber. Janeks zitternde Fingerspitzen glitten unmerklich über den Handlauf zurück, bevor er sich traute, einen vorsichtigen Schritt rückwärts zu machen. Der Wolf tat nichts, schien ihm bloß zuzuschauen. Janeks Fuß tastete nach der nächstunteren Stufe, dann der andere, so zog er sich behutsam zurück, ohne den Blick von den gelben Augen des Raubtieres oben am Ausstieg zu lassen. Da ließ ein rollendes Knurren die gekachelten Wände erzittern. Es kam nicht von dem Wolf; Janek erkannte die Hundestimme, er hörte einen Galopp von Pfoten, dann sah er Tassilo durch die Luft fliegen – von irgendwo da oben kam der Hund, sprang den Wolf von hinten an und warf sich auf ihn. Der Wolf antwortete mit durchdringendem Jaulen und schon verbissen sich beide Tiere ineinander, sie taumelten und stürzten die Treppe hinab, auf Janek zu, der sich mit einem verzweifelten Sprung auf die parallele Rolltreppe rettete. Irgendwie musste Tassilo mit seinem Sprung in die Lichtschranke geraten sein, denn beide Treppen setzten sich in Bewegung. Janek verlor den Halt und stürzte vorwärts, landete hart auf den Stufen. Die Rolltreppe glitt nach unten, während Tassilo und der Wolf auf der anderen Treppe an ihm vorbei nach oben fuhren. Er rappelte sich auf, da erreichte seine Stufe schon das untere Ende und er strauchelte zum zweiten Mal, kippte hintüber und fiel unsanft auf den Hinten. Oben gelang es dem Wolf, sich aus Tassilos Griff zu befreien. Mit zwei, drei gewaltigen Sätzen sprang er hinab und landete gleich neben Janek, rutschte mit den Pfoten auf dem glatten Untergrund weg und überschlug sich, bevor Tassilo über ihm war. Der Wolf drehte sich blitzschnell auf den Rücken und streckte den Kopf nach hinten, er gab sich geschlagen. Tassilos Maul troff vor Speichel und Janek war sich sicher, dass sein Freund, ohne zu zögern, die Zähne in die Kehle des Gegners schlagen würde. Ohne nachzudenken, rollte er sich zu ihm, bis er sein Halsband zu fassen bekam. Er zog und griff mit der anderen Hand in Tassilos Nackenfell. Der Hund bellte empört, während der Wolf seine Chance nutzte, sich um die eigene Achse drehte, aufsprang und auf der nächsten Rolltreppe verschwand; weiter abwärts in die Tiefe. Tassilo bellte und kläffte und jaulte, aber Janek schlang beide Arme um den Hund und würde ihn um nichts auf der Welt wieder loslassen.

Es schien ewig zu dauern, bis Tassilo sich endlich beruhigte. Janek krallte sich in das Fell, drückte seinen Kopf an den warmen, weichen Hundekörper und konnte Tassilos Herz hämmern hören. Irgendwann merkte er, wie das Tier seine Muskeln entspannte und sich schließlich mit dem Jungen auf den Boden sinken ließ.

Janek atmete schwer aus. »So was machst du nie wieder«, seufzte er. »Hörst du? Nie wieder.«

Eine kleine Ewigkeit lagen sie dort auf dem harten Steinboden, bis Janek sich schließlich aufrappelte. Die Rolltreppen standen längst wieder still und setzten sich auch nicht in Bewegung, als Tassilo und er die Stufen emporliefen. Oben gelangten sie in eine große unterirdische Halle mit einer verrammelten Ladenzeile mit Kiosk, Blumengeschäft und Dönerbude. Was hätte Janek jetzt für einen heißen, scharfen Döner gegeben! Wehmütig dachte er an all die »Einkäufe«, die in der Wohnung auf ihn warteten. Eine andere Rolltreppe führte sie weiter hinauf und ans Tageslicht. Aber das Licht hatte sich verändert. Die Farbe des Himmels hatte von leuchtendem Blau zu einem stechenden Weiß gewechselt, die drückende Schwüle hatte noch einmal zugenommen. Sie befanden sich auf einem großen Platz, umgeben von Geschäftshäusern, Restaurants und Cafés. Plötzlich fiel Janek ein, dass er sein Fahrrad vergessen hatte. Es lag noch immer auf dem Bahnsteig, zwei Stockwerke unter ihnen.

»Scheiß drauf«, brummte er und steuerte auf ein Café zu, vor dessen breiter Glasfront unter einem ausladenden Sonnensegel niedrige Tische standen, umgeben von breiten, aus Korb geflochtenen Sofas. Er warf sich auf eines der Sofas und streckte mit einem wohligen Seufzer die Beine von sich. Tassilo sprang zu ihm hinauf, rollte sich zusammen und schmiegte sich an den Jungen – eine Zumutung in der unerträglichen Hitze, aber

Janek war so froh darüber, seinen Freund zurückzuhaben, dass es ihm gar nicht so viel ausmachte. Versonnen fuhr er mit der Hand über Tassilos Fell und ließ den Kampf der beiden Tiere wieder und wieder vor seinem inneren Auge ablaufen. War es so gewesen, dass der Hund ihn vor dem Wolf hatte retten wollen? Obwohl das Raubtier keinerlei Anstalten gemacht hatte, sich auf ihn zu stürzen. Oder hatte Tassilo den Wolf angegriffen – aus einem uralten, unkontrollierbaren Instinkt heraus? Hunde stammten schließlich von den Wölfen ab. Irgendwie; zumindest hatte er das mal gelesen. Und sie waren früher dazu abgerichtet worden, die Schafherden der Menschen vor Wölfen zu schützen. Brachte die verwilderte Welt solche uralten Triebe zum Vorschein? Auch bei ihm selbst, Janek? Wenn, dann spürte er sie nicht. Was mochten das für Empfindungen gewesen sein, die die Menschen der Steinzeit umgetrieben hatten? Sie konnten Tiere jagen und erlegen, sie konnten wilde Früchte sammeln, Fährten am Boden lesen und die Zeichen des Wetters am Himmel deuten. Janek konnte nichts von alledem, konnte bloß sagen, dass es einfach unerträglich schwül war.

In der Stadt gab es alles, was er brauchte – Nahrung, Kleidung –, aber das Essen würde in wenigen Tagen vergammeln bei dieser Hitze. Auch der Strom müsste doch früher oder später versiegen. Wie würde es sein, für immer in dieser Welt zu leben? Vielleicht würde sich eine nette Hundedame als Freundin für Tassilo finden. Die Hundedame würde Welpen bekommen und die könnten sie alle gemeinsam großziehen. Tassilo würde alt werden und eines Tages sterben und irgendwann würden dann auch die Welpen alt geworden sein und sterben und auch Janek selbst würde alt werden und irgendwann ... Ein altes Buch kam ihm in den Sinn, die Geschichte von Robinson Crusoe, der auf einer einsamen Insel gestrandet war. Die Bilder hatten ihn als kleines Kind sehr beeindruckt, wie Robinson sich selbst Kleider genäht, Werkzeuge hergestellt, Obst und Gemüse angebaut hatte. Vielleicht würde er das auch lernen müssen, eines Tages. Ja, eines Tages. Da hatte Robinson einen anderen Menschen kennengelernt. Dem hatte er irgendeinen bescheuerten Namen gegeben – Montag. Oder Feierabend, oder so. Janek wusste es nicht mehr. Aber er spürte plötzlich eine tiefe Zufriedenheit darüber, dass er dem Wolf zur Hilfe gekommen war. Und Stolz auf seinen Mut. Denn das Leben erschien ihm unendlich kostbar. Jedes Leben – seines und das von Tassilo, das Leben des Wolfes und das der Ameise, die gerade über seinen Schuh krabbelte. Über solche Dinge hatte er nie nachgedacht.

Eine wohlige Müdigkeit überkam ihn. Nur nicht einschlafen, dachte er noch. Wenn er jetzt schlief, dann würde er heute Abend wieder nicht schlafen können und davor fürchtete er sich. Also bloß nicht einschlafen, bloß ein kleines bisschen ausruhen, nur ein bisschen ...

6

MELDE DICH BEI JANEK, stand in großen Buchstaben an der Tafel und darunter sah Janek die milchigen Schlieren, als hätte jemand etwas geschrieben und eilig wieder fortgewischt. Doch die Schlieren begannen zu verschwimmen, es kam Bewegung in die Streifen aus Kreidestaub, sie schienen sich zu sammeln, zogen sich zusammen, bildeten Formen, Strukturen, schließlich Buchstaben: REINGELEGT!

Schallendes Gelächter brach aus, und als Janek herumfuhr, war der Klassenraum voller Menschen. Nicht nur seine Mitschüler saßen da, auch Ada und seine Eltern und sogar Oma Luba, Kinder aus anderen Klassen und viele Erwachsene wie Herr Hartmann und andere Nachbarn, außerdem der Typ mit Headset und Aktenkoffer aus der

Bahn und daneben die schlecht gelaunte Frau mit ihrem unter der Schulter eingeklemmten rosa Handtäschchen und das traurige dicke Mädchen mit den schwarzen Klamotten. Bloß Enver fehlte natürlich, der ihm vielleicht hätte helfen können. Vorn am Pult saß Terstegen, das Ende einer schweren Kette aus eisernen Gliedern ums Handgelenk gewunden, an deren anderem Ende Tassilo festgebunden war, der ängstlich winselte. Leon und Paul schnitten ihm geifernde Grimassen, während Anouk seinem Blick verschämt auswich. Janek stand mit nacktem, von Blut und Schokolade verschmiertem Oberkörper vor ihnen, trug noch immer die Reste seines T-Shirts wie ein Piratentuch um den Kopf gewunden. Er sah die Tür des Klassenzimmers, wollte hinauslaufen, fliehen, aber es ging nicht, irgendetwas hielt seine Beine, etwas Schweres. Und Tassilo winselte.

Davon wachte Janek auf. Der Hund lag auf seinen Füßen und schaute mit großen Augen zu ihm auf. Ringsum herrschte Finsternis. Janek erschrak und sah auf seine Uhr. Es war noch gar nicht Abend, gerade mal kurz nach drei. Er schob Tassilo sanft von sich herunter, stand von dem Sofa auf und ging ein paar Schritte aus dem Schatten des Sonnensegels. Der Himmel sah wie ein stummes Schlachtfeld aus. Riesige schwarze Wolken türmten sich aufeinander, als wollten sie sich gegenseitig zerquetschen. Kein Laut war zu hören, kein Zirpen mehr, kein Vogelgesang, bloß ein feines helles Sirren, von dem Janek nicht sagen konnte, ob es aus der Atmosphäre kam oder aus seinem eigenen Kopf. Im Inneren der Wolken flackerte es violett. Ein Knistern schien den ganzen Platz zu erfüllen, plötzlich zuckte ein gleißender Blitz über den Himmel und tauchte die Häuser ringsum in kaltes Licht. Für zwei, drei Wimpernschläge hielt die Welt den Atem an.

Dann explodierte die Luft in einem galaktischen Knall. Dem Knall antworteten tausend weitere, als seien es nicht Wolken, sondern imperiale Sternenzerstörer, die da oben aufeinanderprallten, ineinanderstürzten, auseinanderbarsten; die Blitze schossen wie aus Laserkanonen herab, während krachende Donnerschläge von einem Ende des Himmels zum anderen rollten. Ein Rauschen näherte sich, das zum Brausen wurde, und Janek sah eine Regenwand heranziehen; sah schon die Bäche in Kaskaden an den Fassaden der Häuser gegenüber herabstürzen, bevor ihn die prasselnden Wassermassen erreichten und einhüllten und binnen Sekunden bis auf die Unterhose durchtränkten. Er flüchtete zurück unter das Sonnensegel, wo Tassilo vom Sofa gesprungen war und sich mit eingeklemmtem Schweif an seine Beine drückte. Windstöße fuhren unter das Segel, sie trieben den Regen herein und blähten das Tuch, als sei es tatsächlich vor den Hauptmast einer Fregatte bei Kap Horn gespannt und nicht über die Terrasse eines Cafés in der Innenstadt. Die hölzernen Stützen ächzten und knarrten. Janek zog Tassilo am Halsband mit sich weiter zurück, bis sie mit dem Rücken an der Glasfront des Hauses standen. Das war ihr Glück, denn der schwere Holzpfahl, der jetzt krachend und splitternd aus seiner Verankerung brach, fegte genau über die Stelle, an der sie gerade noch gestanden hatten. Der andere Pfahl, auf sich gestellt, gab bei der nächsten Böe ebenfalls nach und der Wind hob das Segel empor, das über ihren Köpfen gegen die Hauswand geschleudert wurde.

»Lauf!«, brüllte Janek in das Tosen hinein und rannte los, mitten auf den Platz hinaus.

Tassilo sprang durch die Pfützen neben ihm her, sein Fell troff vor Wasser. Schon liefen die Abwasserschächte über, die Fläche verwandelte sich in einen See. Janeks Turnschuhe sogen sich voll. Der Untergrund wurde glitschig, vor allem dort, wo der Boden mit Moos oder Gräsern überwachsen war. Einmal rutschte Janek aus, schlug der Länge nach hin und schmeckte das Wasser im

Mund. Tassilo stupste ihn an, er rappelte sich auf. Sie rannten weiter, fort von dem Platz und in eine Einkaufsstraße hinein. Hier blies der Wind noch heftiger, fuhr von den Dächern herab in die Häuserschlucht, kam mal von hinten und dann wieder von vorn. Ohne Orientierung liefen sie weiter auf der Suche nach irgendeinem Unterstand, aber sie fanden keinen. Sie passierten ein Bushäuschen, das keinen Schutz gegen das Unwetter bot. Sie kamen an einem Parkhaus vorbei, aber Janek hütete sich nach dem Erlebnis in der Bahnstation davor, nochmals solch ein dunkles Betongebilde zu betreten. So rannten sie weiter und weiter und etwas daran fühlte sich sogar gut an. Sie erreichten eine Kreuzung, wo der Wind von allen Seiten gleichzeitig zu kommen schien. Er peitschte ihnen den Regen in die Augen und Blütenblätter, kleine Äste und plötzlich einen Fetzen Papier, Janek fing ihn auf und blieb unvermittelt stehen. Dicke schwarze Buchstaben standen darauf, verwaschen, aber noch halbwegs lesbar: ... ÜBRIG IST, MELDE DICH BEI JANEK.

Er hielt das Papier hoch und warf es in den Wind. Das Wasser troff aus seinen Haaren und seinen Augenbrauen und er musste es sich aus den Augen wischen wie unter der Dusche. Dann hielt er eine Hand an die Stirn, wie man es sonst nur im hellen Sonnenschein tut. Gegenüber ragte ein großes Werbeplakat empor. Eine lachende blonde Frau im Bikini pries Sonnencreme an und sah aus, als wolle sie ihn verhöhnen. Tassilo bellte. Er wollte weiter, hatte wohl keine Lust, mitten in dem Kampf der Elemente auf einer Kreuzung herumzustehen. Aber Janek überlegte. Diese Kreuzung kannte er. Ja, sie waren ganz in der Nähe der Schule.

Er setzte sich wieder in Bewegung und Tassilo lief zufrieden hinterher. Sie bogen in die Straße ein, die zur Schule führte. Etwas zog Janek dorthin, das ihn zugleich gruselte. Es war der Traum von vorhin, es war die Schrift an der Tafel – seine Schrift und die Schlieren darunter. Er musste sie sich noch einmal ansehen. Und außerdem war die Schule ein sicherer, trockener Ort, wo sie das Ende des Gewitters abwarten konnten. Schon tauchte das breite offene Tor auf. Sie hechteten hindurch und über den Schulhof, bevor sich Janek atemlos gegen die große Eingangstür warf. Mit letzter Kraft zog er sie auf, ließ Tassilo hindurchschlüpfen und folgte ihm. Die Tür fiel hinter ihnen zu und Janek verschnaufte mit einem tiefen Seufzer. Der Regen prasselte von draußen an die großen Fensterscheiben, das Donnergrollen drang gedämpft herein. Um ihn herum bildete sich ein kleiner See von dem Wasser, das aus seinen Schuhen und seiner Hose lief. Tassilo schüttelte sich so heftig, dass die Tropfen nur so herumflogen. Janek wischte sich abermals die Augen frei, sah sich um und versteinerte.

Da waren Fußspuren auf dem Boden! Spuren eines Menschen! Ganz eindeutig nasse, matschige Abdrücke von Schuhen. Sie kamen vom Eingang, wo Janek und Tassilo noch immer standen, führten um die Vitrinen mit den Blechfiguren herum und die Treppe hinauf. Konnten es seine eigenen sein? Aber nein, es hatte gestern nicht geregnet – und selbst wenn, hätten sie längst getrocknet sein müssen. Die hier aber waren frisch. Und kamen nicht zurück. Wer auch immer sie hinterlassen hatte, musste sich noch im Gebäude befinden. Janek konnte keinen Schritt machen, seine Knie waren wie taub und beinahe hätte er selbst das Atmen vergessen. Das Blut pochte im Hals, in den Schläfen, in der verletzten Hand, selbst im Magen und er hatte kurz das Gefühl, augenblicklich kotzen zu müssen vor Aufregung, vor Angst, vor Freude, vor Panik. Nein, er konnte jetzt nicht abhauen. Wenn er jetzt nicht herausfand, wer oder was da noch übrig geblieben war außer ihm selbst, würde er es sich vielleicht für immer vorwerfen müssen.

Trotzdem öffnete er die Tür, lief noch einmal zurück in den Regen, auf den Schulhof. Der Sturm hatte die alten Kastanien dort ziemlich gebeutelt, überall lagen dicke abgerissene Äste herum, richtige Knüppel. Janek griff sich einen davon und sprang wieder die Stufen zum Eingang hinauf. Tassilo wedelte mit dem Schwanz, als er den Jungen mit dem schweren Ast in der Hand zurückkommen sah. Janek ging ein paar Schritte auf die Treppe zu und zögerte. Die tropfnasse Jeans wog schwer und zog an seinen Beinen, seine Füße rutschten in den aufgeweichten Schuhen hin und her. Kurz entschlossen zog er Schuhe und Strümpfe aus und auch die Hose. Falls er fliehen musste – ohne dass er hätte sagen können, wovor genau eigentlich –, wollte er keinen unnötigen Ballast mit sich tragen. Er drehte sich zu Tassilo um, der ihm unbeeindruckt zugesehen hatte, und legte einen Zeigefinger auf die Lippen. Der Hund schien die Botschaft tatsächlich zu verstehen. Er duckte sich ein wenig und folgte Janek dicht auf den Fersen, der barfuß und mit vorsichtigen Schritten die Treppe hinaufstieg, seine Waffe fest umklammert.

7

Die Spuren führten zum ersten Stock und dann weiter hinauf, wobei sie immer dünner und schwächer wurden, bevor sie sich verloren. Aber Janek wusste es sowieso, er war sicher, dass sie im Klassenzimmer der 5b endeten. Auf Zehenspitzen schlich er den Gang im zweiten Stock entlang und auch Tassilo gab keinen Laut von sich. Am Ende des Flures hing noch immer die einsame Jacke. Die Tür zum Klassenraum stand offen. Hatte Janek sie gestern eigentlich offen gelassen oder nicht? Die Frage war überflüssig, denn jetzt hörte er etwas. Etwas klackte und quietschte. Das verhasst-vertraute Geräusch von Kreide auf Schultafel. Plötzlich glaubte er sich selbst nicht mehr, plötzlich hatte er Angst, seine Sinne würden ihm einen Streich spielen. Er gab seine Vorsicht auf, lief los und schlidderte mit seinen nassen Füßen auf die Tür zu. Eigentümlicherweise registrierte sein Gehirn als Erstes den Namen, der da auf der Tafel prangte, bevor er die Person erkannte, die davorstand und die Kreide hielt: ANOUK. Und dann erst hörte er ihren gellenden Schreckensschrei. Das Kreidestück glitt aus ihrer Hand, fiel auf den Boden und sprang entzwei. Entgeistert starrten sie einander an. Janek sah ihre nassen Haare und ihre schreckgeweiteten Augen, von tausend Sommersprossen eingerahmt. War sie wirklich echt? Tassilo lief verwirrt zwischen den beiden reglosen Menschenkindern hin und her, schnupperte an Anouks wassertriefender Hose, lief zurück zu Janek und setzte sich neben ihn.

»Du …«, stammelte Janek.

»Ich …«

Sie löste sich aus ihrer Starre, rannte auf Janek zu und fiel ihm um den Hals. »Ich«, wiederholte sie und brach in Tränen aus. Janek ließ seinen Kastanienast zu Boden sinken und erwiderte ihre Umarmung zögernd. Sie war nass und kalt und zitterte am ganzen Körper und zweifellos existierte sie. Er drückte sie fest an sich und merkte, wie auch ihm die Tränen kamen. Es dauerte eine Weile, bis sie sich voneinander lösten und einen unsicheren Blick wechselten.

»Ich bin gestern Morgen aufgewacht«, sagte sie atemlos, »ganz allein. Nirgends war mehr irgendjemand. Ich war ganz, ganz, ganz allein!«

»Ich weiß«, flüsterte Janek. »Ich auch.«

»Ich bin rumgelaufen«, sagte sie. »Überall, durch die ganze Stadt.« Sie rang mit den Händen. »Ich war so verzweifelt. Irgendwann bin ich hierhergekommen. Und dann hab ich das da ...« Sie zeigte auf Janeks Nachricht an der Tafel. Darunter stand jetzt: HIER IST ANOUK, ICH BIN ... Weiter war sie nicht gekommen. Musste sie auch nicht mehr.

»Ich ... ich konnte es überhaupt nicht glauben, als ich deinen Namen gesehen hab. Ausgerechnet du ...«

Da war es wieder – sie wich seinem Blick aus, schaute zur Seite. Wie sie es immer tat, wenn Janek glaubte, sie schäme sich seinetwegen. Da fiel ihm auf, dass er zumindest jetzt gerade wirklich zum Fürchten aussah, wie er da durchnässt und in Unterhose vor ihr stand mit seinem Piratentuch und dem blutigen Verband an der Hand.

»Ich hab«, begann er und kratzte sich verlegen am Kopf, »ich hab meine Hose unten, weißt du, alles war so nass.«

»Ist schon okay«, sagte Anouk und musste plötzlich lachen. »Es ist okay. Mann, Janek, ich bin so was von froh, dass noch jemand übrig geblieben ist außer mir.«

Wieder umarmte sie ihn, diesmal nur ganz kurz, aber Janek musste sich eingestehen, dass er es schön fand. Sie ging in die Hocke und kraulte Tassilo hinter den Ohren, was dem Hund sichtlich gefiel.

»Und wer bist du?«

»Tassilo. Gehört meinem Nachbarn. Ich hab ihn adoptiert.« Janek grinste. »Na ja, oder er mich.«

Tassilo leckte ihre Hand.

»Er mag mich«, sagte sie und lächelte.

Dann erhob sie sich und sah Janek an – noch immer lächelnd, aber auch ein wenig scheu. In Anouks sommersprossigem Gesicht stand die Frage, ob er, Janek, sie wohl mochte. Das konnte er deutlich sehen und er hätte nie gedacht, dass sie sich jemals so eine Frage stellen könnte. Dummerweise wusste er die Antwort in diesem Moment selber nicht. Klar, er hatte sie anfangs unglaublich toll gefunden, war vielleicht sogar ein bisschen in sie verliebt gewesen. Aber seitdem war viel passiert. Und ihr, Anouk, wäre es doch bestimmt sehr viel lieber, wenn nicht Janek der einzige andere Mensch auf Erden war außer ihr. Sondern Leon vielleicht, oder zur Not noch Paul oder wer auch immer. Stattdessen Janek. *Ausgerechnet.* Er war sicher der Allerletzte, auf den sie gehofft haben mochte.

So standen sie da, in der Tür ihres Klassenzimmers, während von draußen noch immer der Regen gegen die Scheiben trieb. Das Donnergrollen schien schwächer zu werden und sich ganz allmählich zu entfernen.

Schließlich fragte Anouk: »Hast du irgendwas vor?«

Es klang völlig absurd und sie mussten beide lachen.

»Meinst du jetzt gleich?«, fragte Janek grinsend. »Oder morgen oder die nächsten Tage? Oder Jahre?«

»Keine Ahnung«, gab sie zu. »Wir könnten zu mir gehen. Was Trockenes anziehen. Was essen. Überlegen.«

Überlegen, dachte Janek. Das war gut. Er hatte sich seit gestern nur darauf konzentriert, irgendeinen Kontakt herzustellen. Herauszufinden, ob noch jemand anderes da war. Was danach kommen könnte, darüber hatte er keinen Augenblick lang nachgedacht.

»Ein super Plan«, sagte er und grinste. »Aber nur, wenn ich meinen Hund mitbringen darf.«

Obwohl es sich eklig anfühlte, zog Janek unten in der Eingangshalle seine triefende Jeans wieder an. Dann liefen sie durch den Regen, der sich von einem weltuntergangsmäßig-sintflutartigen Regen zu einem normalen sintflutartigen Regen abgeschwächt hatte. Die Einfamilienhäuser in dieser Gegend waren groß und wurden immer größer, die Abstände zwischen ihnen immer breiter, aus den Gärten wurden richtige Parks, bis Anouk schließlich vor einer imposanten Einfahrt stehen blieb. Ein Kiesweg – oder das, was zwischen dem wuchernden Weißdorngestrüpp von ihm übrig war – wand sich zwischen verwilderten Blumenbeeten auf einen lang gestreckten orangefarbenen Bungalow mit riesigen Fenstern zu.

»Hier wohne ich«, sagte sie. Wieder entzog sie sich seinem Blick.

»Nett«, murmelte Janek.

Trotz des anhaltenden Regens standen sie irgendwie peinlich berührt vor dem Tor, bis Tassilo die Situation richtig einschätzte und einfach den Kiesweg entlang bis zur Tür lief.

»Komm«, sagte Anouk, lächelte und zog ihren Hausschlüssel aus der Hosentasche.

Janek schätzte, dass fast seine ganze Wohnung allein im Flur dieses Hauses Platz gefunden hätte. Auch Anouks Zimmer war gigantisch. Ein mächtiger Kleiderschrank dominierte den Raum, auf der gläsernen Schreibtischplatte hätte man locker eine Partie Tischtennis spielen können und das breite Bett wurde von leichten Tüchern überwölbt wie von einem Himmel. Verlegen fuhr er sich mit der Hand durch die triefenden Haare. Er war in das Reich einer Prinzessin geraten. Anouk öffnete den Schrank und holte zwei Badehandtücher heraus, die sie ihm zuwarf, und suchte ein weiteres Handtuch und frische Anziehsachen für sich.

»Dreh dich weg«, bat sie.

»Ich kann auch rausgehen.«

»Ja ... mh ... bleib einfach hier, okay? Und dreh dich um.«

Janek drehte ihr den Rücken zu, streifte das Tuch und den Rucksack ab und trat an das breite Fenster, wobei er sich mit einem der Handtücher den Kopf und den nassen Oberkörper abrieb. Draußen sah er eine weitläufige Gartenlandschaft und in dessen Mitte ein Feld aus rot leuchtenden Blumen. Tassilo setzte sich neben ihn und ließ sich von ihm geduldig mit dem zweiten Handtuch das tropfende Fell trocken rubbeln.

»Das sieht toll aus«, sagte er. »Euer Garten.«

»Du meinst die Mohnblumen? Vorgestern war da noch ein Tennisplatz.« Sie lachte und es klang bitter. »Mein Vater kriegt immer schon einen Anfall, wenn der Gärtner ganz am Rand ein Gänseblümchen übersieht.«

Dann trat sie neben ihn, trug jetzt ein leichtes Kleid. Ihr Haar war vom Abtrocknen zu einer wilden Mähne aufgeworfen. Sie griff nach seiner linken Hand und er zog sie vor Schreck zurück.

»Lass mich doch mal sehen.«

Er hielt sie ihr wieder hin und sie knotete den Verband auf.

»Komm mal mit.«

Janek folgte ihr in einen Palast von Badezimmer, wo Anouk die Hausapotheke durchsuchte.

»Bitte kein Jod oder so was«, sagte er.

»Keine Sorge.« Sie hielt eine kleine Sprühflasche hoch. »Desinfektionsspray. Tut nicht weh.«

Es tat wirklich nicht weh, kühlte bloß angenehm die Wunde und außerdem fühlte es sich schön an, wie sie mit der anderen Hand die seine hielt. Sie klebte ganz fachmännisch ein Pflaster darauf, trat einen Schritt zurück und sagte entschieden: »Du musst duschen.«

»O ja«, nickte Janek und betrachtete voller Behagen die großzügige Duschkabine, die nicht einfach oben einen Duschkopf hatte, sondern etliche Düsen in der Decke und an den Seiten. »Aber dann musst du dich auch umdrehen.«

»Ähm ... klar. Das war eben nur ... ich hatte irgendwie Schiss, dass du dich gleich wieder in Luft auflöst. Du kannst ja einfach die Tür auflassen. Aber warte, ich hol dir was zum Anziehen.«

Anouk verschwand und kam kurz darauf mit einer Shorts, einer Jeans und einem Fußballtrikot wieder.

Janek hob das Trikot hoch. Rot und weiß, vom FC Arsenal.

»Mesut Özil«, staunte er. »Ich hatte keine Ahnung, dass du dich für Fußball interessierst.« Er musterte sie einen Augenblick. »Und ich hab dich auch noch nie damit gesehen.«

»Das trag ich leider bloß zum Schlafen.« Sie grinste schief. »Ich hab es mir während der Sprachferien in London gekauft, aber meine Mutter hasst so was. Sie würde mich niemals damit aus dem Haus gehen lassen.«

»Verrückt«, murmelte Janek.

»Eigentlich schon. Ja.« Sie wandte sich zum Gehen, hielt aber kurz inne. »Versprich mir, dass du nachher noch da bist, ja?«

»Versprochen.«

Sie verließ das Bad und Janek schälte sich aus den klamm klebenden Klamotten. Die Duschkabine war ein kleines Paradies. Er schloss die Augen und ließ das heiße Wasser von allen Seiten auf die Haut prasseln. Am liebsten wäre er für immer hier stehen geblieben. Auch, weil ihn dieselbe Furcht beschlich wie Anouk, dass nämlich ihre Begegnung nur eine Einbildung war. Konnte es das geben? Dass er vor lauter Einsamkeit einen Menschen sah und mit ihm redete, der gar nicht existierte? Dass er in ein fremdes Haus einbrach und dabei Selbstgespräche führte, weil er sich die Gegenwart von Anouk einfach erträumt hatte? Doch wenn nicht – *warum* war sie hier? Wo er doch ausdrücklich alle Menschen weggewünscht hatte? Vielleicht war ihre Gegenwart der Beweis dafür, dass sein verrückter Wunsch doch nichts mit dem Verschwinden der Menschen zu tun hatte. Bevor sein Kopf sich wieder zu drehen begann, schaltete er die Gedanken ab und konzentrierte sich auf die herrliche Dusche.

8

Als er wenig später frisch und sauber und in Anouks Klamotten in ihr Zimmer zurückkam, war sie nicht da. Und Tassilo auch nicht. Dafür strömte ein verführerischer Duft durchs Haus. Janek folgte ihm in ein riesiges Wohnzimmer mit offener Küche. Der Herd stand mitten im Raum und davor stand Anouk und rührte in einer Pfanne herum, unter der eine Gasflamme brannte. Tassilo lag am Boden und kaute an einer großen Salami.

»Du existierst ja noch«, sagte sie fröhlich.

Janek warf einen Blick in die Pfanne.

»Was ist das?«

»Aubergine.«

»Ich glaub, das hab ich noch nie gegessen. Wie schmeckt das?«

»Extrem lecker. Kannst du wenigstens Nudeln kochen?«

»Was heißt hier *wenigstens*?«

Er zog einen Topf aus dem Regal und füllte Wasser hinein.

Anouk lachte unvermittelt.

»Meine Mutter würde in Ohnmacht fallen, wenn sie jetzt hier wäre. Dass wir uns einfach in ihrer Küche breitmachen. Normalerweise ist hier immer alles total geleckt, weißt du? Und normalerweise darf man hier so gut wie nichts anfassen.«

»Tja«, meinte Janek. »Und jetzt gibt es keine Erwachsenen mehr, die einem irgendwas verbieten. Das gehört zu den Vorteilen dieser ... hm. Keine Ahnung, wie man das überhaupt nennen soll. Hast du irgendeinen Schimmer, was passiert ist?«

Anouk ließ ihren Pfannenwender sinken, hob den Kopf und sah Janek kurz an, bevor sie abermals wegschaute. Was war diesem Mädchen nur immerzu so peinlich?

»Nee«, sagte sie schließlich. »Ich kann es mir nicht erklären. Außer halt ... dass es ein Traum ist. Obwohl doch kein Mensch jemals so einen langen Traum haben kann. Aber eine andere Möglichkeit gibt es doch nicht. Oder?«

»Es muss eine geben«, widersprach Janek und stellte den Topf auf den Herd. »Ein Traum *kann* es einfach nicht sein. Ich meine – du bist hier, ich bin hier, das ist doch wirklich. Also irgendwie.«

Anouk zeigte ihm, wie er das Gas andrehen und die Flamme entzünden musste. Dann fixierte sie ihn und sagte: »Das ist alles Einbildung. *Du* bist Einbildung. Du bist in *meinem* Traum.«

»Unsinn. Fass mich an. Hier, ich bin echt. Mein Blut vorhin war echt. Hier, der Topf mit dem Wasser ist echt. Da, Tassilo. Der ist auch echt.«

Wie zur Bestätigung ließ der Hund ein zufriedenes Grunzen hören.

»Nein«, beharrte Anouk. »Das ist *mein* Traum.« Sie widmete sich wieder ihrer Pfanne. »Ich weiß es einfach. Es hat keinen Sinn, darüber zu diskutieren.«

Er schwieg. Man hatte ihm schon viele blöde Sachen gesagt in seinem Leben – dass er prollig sei zum Beispiel oder dass er manchmal im gegnerischen Strafraum zu egoistisch agiere. Dass er zu wenig für die Schule übe und nie lernen würde, für sich selbst verantwortlich zu sein. An all dem war wohl auch was dran. Doch dass es ihn tatsächlich gab und nicht nur in der Einbildung, war so ziemlich das Einzige, was er mit Sicherheit sagen konnte. Solange er fühlen und denken, reden und Nudeln kochen konnte, existierte er doch! Er hätte gern gewusst, warum sie so sehr vom Gegenteil überzeugt war.

Die Spaghetti mit Aubergine schmeckten tatsächlich richtig gut. Sie aßen eine Weile, ohne zu reden, während Janek überlegte, wie er das Thema wieder aufgreifen könnte, über das Anouk offenbar nicht *diskutieren* wollte. Schließlich fragte er vorsichtig: »Nur mal kurz angenommen, dass wir nicht in einem Traum sind, weder in deinem noch in meinem – was würdest du dann jetzt tun?«

Sie antwortete, ohne nachzudenken: »Ich würde als Erstes nach Buffy sehen. Sie hat sicher schreckliche Angst ohne mich und alle anderen.«

»Wer ist das? Glaubst du etwa, dass außer uns noch jemand übrig geblieben ist?«

Sie lachte.

»Buffy ist eine Hannoveraner-Stute. Sie gehört mir. Der Reiterhof, auf dem sie steht, ist fast eine Stunde von hier entfernt. Eine Stunde mit dem Auto. Ich würde mich auf mein Fahrrad setzen und zu ihr fahren, egal wie lange das dauert.«

»Wow, du hast ein eigenes Pferd?«

Sie schaute ein wenig verlegen.

»Und du fährst jeden Tag dorthin?«

»Na ja, nein. Dreimal die Woche. Mehr Zeit hab

ich nicht.« Sie zählte an ihren Fingern ab, während sie weitersprach: »Ich muss ja außerdem noch zur Tennisstunde, zum Geigenunterricht, zum Spanischkurs, zum Kinderchor und zum Kinder-Knigge – das ist das Allerschlimmste.«

»Was ist denn das? Dieses – wie heißt das? Kinder-Knicken?«

»Knigge«, verbesserte sie und ihre Augen funkelten plötzlich vor Zorn. »Da lernt man, wie man sich benimmt. Also vor allem beim Essen. Welches Besteck wofür benutzt wird, wo die Hände hingehören und wo die Serviette, aber auch wie man redet.«

»Wie man redet?«

»Wie man sich und andere vorstellt, zum Beispiel. Wie man höflich zu Erwachsenen ist. Wie man am Telefon spricht. Sogar, wie man richtig aufs Klo geht.«

»Bitte?«

»Genau. Zum Beispiel sagt man nicht: *So, ich geh mal eben aufs Klo.*«

»Sondern?«

»Man sagt: *Ich entschuldige mich.*«

»Entschuldigen? Wofür denn?«

»Weiß ich doch nicht!« Ihre kleine Faust fuhr krachend auf den Tisch.

Erschrocken zuckte Janek zurück.

»Ich hasse das«, sagte sie leise.

»Hab ich gemerkt«, murmelte er. »Aber ... warum machst du es dann? Dieses Knigge? Und all das andere?«

»Weil es mich in meiner Entwicklung fördert.« Anouk hatte die Worte mit einem solchen Ekel ausgesprochen, als hätte sie Regenwürmer im Mund. »Damit ich es im späteren Leben einfacher habe. Ständig sitze ich mit meiner Mutter im Auto. Sie fährt mich hierhin und dorthin und sagt mir, dass ich dankbar sein soll. Dass sie ihren Job für mich aufgegeben hat, dass ich nicht wie andere Kinder von irgendwelchen Au-pairs aufgezogen werde, sondern von ihr. Dass mir die Welt offensteht in alle Richtungen.« Finster blickte sie auf das Essen, auf das sie anscheinend keinen Appetit mehr hatte. »Die Welt steht mir so offen in alle Richtungen wie einem Affen, der aus seinem Käfig im ganzen Zoo herumgucken kann.«

Janek hatte keine Ahnung, was ein Au-pair war, aber er verstand auch so, was Anouk meinte.

»Hast du eigentlich Geschwister?«, fragte er.

Sie schüttelte den Kopf.

»Und dein Vater? Was sagt der dazu?«

»Ach, der.« Sie winkte ab. »Ist andauernd unterwegs, in halb Europa. Ich hab noch nie begriffen, was genau er macht. Immobilien. Sagt er. Also, irgendwie kauft und verkauft er Gebäude und Grundstücke. Was weiß ich. Ich bin immer nur mit meiner Mutter zusammen.«

Janek sah sie verwundert an.

»Aber du hast einen riesen Haufen Freunde. Ich meine – du bist doch voll beliebt und so.«

»Freunde?« Sie sah ihn zweifelnd an.

»Na ja, Leon zum Beispiel. Und Paul. Sophia-Lara, Anna-Lena, Franka-Marie, die alle.«

»Hm«, machte sie. »Ja, du hast vielleicht recht. Aber die hetzen genauso die ganze Zeit durch die Gegend wie ich. Glaube ich zumindest. Dass wir mal einfach so zusammen rumhängen, kommt echt selten vor.«

»So wie neulich, als wir uns im Freibad gesehen haben.«

Unwillkürlich schaute sie weg. *Schämte sich fremd.* Janek wusste selbst nicht, warum er ausgerechnet diese Begegnung angesprochen hatte. Vielleicht, um Anouk zu provozieren.

»Das war voll peinlich«, sagte sie leise.

»Dass wir uns getroffen haben?«

»Quatsch.« Sie sah ihn wieder an. »Leon war peinlich. Und Paul. Ich ... hab mich richtig geschämt für die beiden.«

»Für die?« Er war verblüfft. »Ich dachte immer, du findest *mich* peinlich.«

»Bitte? An dir ist doch nichts peinlich. Du post nicht rum, du plusterst dich nicht auf. Leon ist der totale Angeber. Will dauernd alles bestimmen, als wär er der Chef. Dabei ist er in Wahrheit voll der Feigling. Du nicht. Du bist einfach nett.«

Wurde sie rot? Das war bei den vielen Sommersprossen schwer zu sagen. Und bei dem goldenen Gegenlicht, das durch die breite Fensterfront in den riesigen Raum strömte. Janek hatte gar nicht mitbekommen, dass draußen längst die Wolkendecke an ein paar Stellen aufgerissen war.

Anouk senkte den Kopf und sagte mehr zu sich selbst als zu ihm: »Vielleicht ist das der Grund, warum ausgerechnet du in meinem Traum auftauchst.«

»Hä?«, machte er. »Das versteh ich nicht.«

»Egal«, sagte sie, stand auf und trug ihren Teller zur Spülmaschine.

»Nee, das ist überhaupt nicht egal«, rief Janek. Er nahm ebenfalls seinen Teller und räumte ihn in die Maschine, wobei sich die Schultern der beiden leicht berührten. Dann standen sie einander gegenüber.

»Wenn du recht hast«, sagte Janek nach einer Weile, »und wenn das wirklich nur ein Traum ist, dann kannst du es mir doch sagen.«

»Stimmt.« Sie griff kurz nach seiner Hand, ließ

sie wieder los, ergriff sie erneut und flüsterte: »Die Wahrheit ist – ich habe alle Menschen weggewünscht.«

Janek zuckte zusammen.

»Weggewünscht«, wiederholte er ungläubig.

Natürlich verstand Anouk nicht, was ihn so aus der Fassung brachte. Sie dachte vielleicht, er hielte sie für übergeschnappt.

»Ja, wirklich. Der Sonntag war so schrecklich gewesen. Schon mittags ist mein Vater mit dem Taxi zum Flughafen, zu irgendeinem Meeting in Lyon-Mailand-Dublin-weiß-der-Geier, und meine Mutter hat den Rest des Tages an mir rumgemeckert. Ich hab zurückgemeckert und das hat sich immer mehr gesteigert. Ich hab ihr gesagt, dass ich keinen Bock mehr auf diesen bescheuerten Knigge-Kurs habe – das ist nämlich immer montags, und da meinte sie wieder, wie wichtig das wäre, wir würden ja nicht mehr in der Steinzeit leben. Und ich so, ich fänd es viel schöner in der Steinzeit als das alles hier. Dann hätte ich wenigstens meine Ruhe! Wir haben uns immer weiter angemotzt und irgendwann hab ich einfach so gesagt …« Sie stockte und fasste Janeks Hand noch fester. »Ich hab gesagt: Am liebsten wär ich ganz allein auf der Welt! Und dann bin ich ins Bett – und am nächsten Morgen, da …« Sie schluchzte auf. Es klang herzerweichend, aber sie weinte nicht dabei, zog nur trotzig die Nase hoch, sog tief die Luft ein und ließ seine Hand los. »Da waren alle weg.«

»Außer ich«, sagte er leise.

»Außer du. Aber warum?«

Er wusste ganz genau, warum. Und er wusste, dass er es ihr sagen sollte.

»Na ja, vielleicht«, sagte sie, »bist du mit mir übrig geblieben, weil ich ausgerechnet dich nicht weggewünscht habe. Weil ... ich dich ... mag?«

Jetzt war er es, der rot wurde. Das Blut schoss ihm in die Wangen und die Schläfen, er fühlte es pochen wie einen Trommelwirbel, nicht nur, weil ihre Worte ihn berührten. Sondern weil er es ihr jetzt sagen musste. Dass das nicht der Grund dafür war, dass es ihn noch gab. Sondern bloß sein eigener Wunsch. Er kämpfte mit sich. Was Anouk gerade gesagt hatte, verzauberte ihn so sehr, dass er Angst hatte, es kaputt zu machen. Aber es war absolut unfair, es ihr nicht zu sagen.

Janek gab sich einen Ruck, klappte den Mund auf, da sagte sie: »Okay, was ist nun – fährst du mit mir raus zum Stall? Nach Buffy sehen?«

»Puh«, machte er. Puh, weil sie ihn aus seinem Gedanken gerissen hatte; und weil es nach einem ziemlichen Abenteuer klang.

»Wie lange würden wir mit dem Fahrrad brauchen?«, fragte er. »Glaubst du, wir schaffen es zurück, bevor es dunkel wird?« Er sah auf die Uhr. »Es ist fast fünf.«

»Weiß nicht. Aber wir könnten auf dem Hof schlafen. Dort haben sie Gästezimmer. Bestimmt finden wir einen Weg hinein.«

Da erst wurde ihm klar, dass sie die Nacht zusammen verbringen konnten. Dass er nicht später nach Hause musste, um sich abermals in seinem Zimmer einzubunkern und mit DVDs die Gespenster der Nacht zu bekämpfen. Sie konnten reden, sich gegenseitig Mut machen, er wäre nicht mehr allein.

»Coole Idee«, meinte er. »Ich hab bloß ein Problem. Mein Rad liegt in einem Tunnel der Stadtbahn und da geh ich unter keinen Umständen mehr rein. Ich müsste mir erst ein neues besorgen. In der Stadt kenne ich einen ziemlich guten Fahrradladen.«

Anouk machte große Augen.

»Du willst in einen Laden einbrechen?«

Janek lachte hohl.

»Heute Morgen hab ich einen Supermarkt ausgeplündert. Und später bin ich in eine Bäckerei und ein Bastelgeschäft eingebrochen.«

»Findest du das richtig?« Sie legte den Kopf

schräg. »Was ist, wenn zum Beispiel morgen plötzlich alle wieder da sind?«

»Und wenn nicht?«, fragte er zurück. »Wenn es jetzt für immer so bleibt? Wenn wir ...«

Anouk schwieg. An ihren Wangen liefen Tränen herab. Janek biss sich auf die Lippen. Er zögerte, dann nahm er sie ganz vorsichtig in den Arm. Sie drückte ihn an sich. Nur ganz kurz, aber richtig feste, bevor sie sich von ihm löste und die Tränen fortwischte.

»'tschuldigung«, murmelte sie.

»Wofür?«, meinte er. »Wir sind hier nicht beim Kinder-Knicken.«

»Es heißt Knigge«, lachte sie. »Aber lass uns nicht daran denken, was morgen ist. Immer, wenn ich konzentriert zu überlegen versuche, wie alles weitergehen soll, krieg ich Angst, dass mein Kopf explodiert.«

»So geht's mir auch«, nickte er und fasste dabei an seine Stirn, und als hätte diese Bewegung es ausgelöst, schoss ihm ein verrückter Gedanke ins Hirn.

»Vielleicht brauch ich gar kein Fahrrad«, sagte er. »Warst du schon mal bei den Messehallen? Kennst du diesen riesigen Parkplatz dort?«

»Nee, wieso?«

»Da war ich mal mit meinem Vater und meiner

Schwester, als die Messe geschlossen war. Er hat uns gezeigt, wie man Auto fährt, und uns auf dem Parkplatz ein bisschen rumcruisen lassen. Nur so zum Spaß. Und natürlich ganz langsam. Aber ich glaube, ich weiß noch, wie es geht.«

»Du spinnst«, meinte sie.

9

Die Garage war fast so groß wie das Wohnzimmer und sah auch genauso fein und sauber aus. Drei Autos standen darin – ein uralter Bentley, ein Porsche und ein Mercedes-Cabrio. Das Verdeck war offen.

»Welcher darf es denn sein, der Herr?«

»Ui.« Janek raufte sich die Haare. »Da fällt die Auswahl wirklich schwer. Nee, eigentlich nicht. Ich hab nämlich noch nie in einem Cabrio gesessen.«

»Na, toll. Ich sitze den ganzen Tag da drin.«

»Mensch, du hast echt ein mieses Leben«, witzelte er.

Anouk hielt ihm den Schlüssel hin und meinte: »Ich hoffe bloß, du kennst dich wirklich damit aus.«

»Es ist eigentlich ganz einfach«, sagte er, ließ die Verriegelung aufspringen und öffnete die Fahrertür. »Man muss nur ein bisschen Gefühl dafür kriegen, wie man die Kupplung kommen lässt. Das ist nämlich das Pedal links neben Bremse und Gas, weißt du? Oh ...«

Ratlos betrachtete er den Fußraum, in dem es lediglich zwei Pedale gab.

Anouk grinste breit über ihr ganzes sommersprossiges Gesicht und machte seinen Tonfall nach: »Der hat kein Kupplungspedal, das ist nämlich ein Automatik, weißt du?«

Dann öffnete sie die Beifahrertür und ließ sich in den weichen Sitz sinken. Tassilo sprang auf die Rückbank und rollte sich behaglich zusammen. Auch Janek stieg ein, suchte unter dem Sitz einen Verstellhebel und zog sich so nah ans Lenkrad heran, bis er mit den Füßen sicher die Pedale erreichen konnte. Sie schnallten sich an. Er schob den Schlüssel ins Zündschloss und drehte ihn. Beide erschraken unwillkürlich, als der Wagen tatsächlich ansprang. Anouk nahm eine winzige Fernbedienung aus dem Handschuhfach und drückte einen Knopf. Geräuschlos und sacht fuhr das Garagentor hoch und ließ das Sonnenlicht herein. Dann zog sie den Schalthebel zwischen ihnen in die Fahrposition.

»Kann losgehen«, sagte sie.

»Okay.« Er wischte sich mit beiden Händen durchs Gesicht, legte die Finger ans Lenkrad und räusperte sich. Als er mit dem rechten Fuß auf das Gaspedal tippte, machte der Wagen einen Satz nach vorn, schlingerte unberechenbar über den zugewucherten Kiesweg und in das Weißdorngestrüpp, das die ehemaligen Blumenbeete bedeckte. Die Dornen kratzen mit hässlichem Knirschen über den glänzenden Lack des Autos. Panisch suchte Janek nach der Bremse, fand sie und trat sie durch; beide Kinder wurden nach vorne geworfen und erbarmungslos von ihren Gurten eingeschnürt. Einen halben Meter vor der Gartenmauer hatte der Wagen angehalten. Aus den alten Ahornbäumen ringsum waren Schwärme von Vögeln aufgeflattert, die kurz laut schimpfend über ihnen kreisten, bevor sie in den Himmel davonflogen. Tassilo bellte beleidigt. Ihn hatte die kurze Fahrt von der Rückbank geschleudert, aber es schien ihm gut zu gehen.

»O Mann!«, entfuhr es Anouk.

Janek atmete tief durch.

»Immerhin sind wir schon mal aus der Garage raus«, brummte er verlegen und musterte den Schalthebel. »Jetzt müssen wir bloß noch die Torausfahrt treffen.«

»Und die Straße«, sagte Anouk und legte an seiner Stelle den Rückwärtsgang ein.

Wieder gab er Gas, wieder tat der Wagen einen mächtigen Satz, Janek riss das Lenkrad herum, das Heck brach aus und krachte gegen die Hauswand, wieder wurden sie in ihre Gurte eingeschnürt, Glas splitterte.

Sie stiegen aus und sahen sich den Schaden an. Der Kofferraum war zerbeult und die Rücklichter gab es nicht mehr.

Mit bleichem Gesicht stammelte Janek: »Das ... das tut mir voll leid, ich ... vielleicht nehmen wir doch besser die Räder?«

»Nein, du wolltest Cabrio fahren«, widersprach Anouk. »Der Kofferraum ist nicht so wichtig, wir haben ja kein Gepäck dabei. Und die Rücklichter brauchen wir auch nicht. Es sind keine anderen Autos unterwegs. Und außerdem«, sie zeigte auf Tassilo, der mit eingeklemmtem Schwanz auf seiner Rückbank saß und sie fragend anschaute, »wird dein Hund nicht die ganze Strecke rennen können.«

»Wenn du meinst«, sagte er und wankte auf butterweichen Knien zurück zur Fahrertür.

Doch sie schnippte bloß mit den Fingern und zeigte auf den Beifahrersitz.

»Komm rüber. Lass mich mal versuchen.«

Dankbar lief Janek um den Wagen herum und stieg ein, während Anouk auf dem Fahrersitz Platz nahm und den Wagen wieder anließ. Sie schob den Schalthebel zurück in die Fahrposition. Ganz sacht ruckelte der Wagen über den unebenen Untergrund, durchs Tor hinaus und auf die Straße. Anouk fuhr so langsam, dass man locker hätte nebenherlaufen können. Aber der Wagen folgte schnurgerade dem Mittelstreifen und auch in den Kurven eckten sie nirgends an. Mit der Zeit gewann Anouk an Sicherheit und zog das Tempo an, der Wind wehte ihnen um die Nasen. Janek konnte nicht umhin, sie restlos zu bewundern.

Doch als sie auf die breite Ausfallstraße bogen, die zwischen Möbelhäusern, Tankstellen und Jeans-Outlets hindurch Richtung Autobahn führte, trat sie ohne jede Vorwarnung auf die Bremse; mit einem Ruck kam der Wagen mitten auf der Straße zum Stehen.

»Was ist?«

»Da war einer!« Ihre Stimme vibrierte.

Janek stierte angestrengt geradeaus, bis er registrierte, dass sie sich umgedreht hatte.

»Hinter uns«, sagte sie. »Ich hab ihn im Rückspiegel gesehen.«

»*Ihn*? Wen – ihn?« Er verrenkte sich den Hals.

»Einen … ich weiß nicht. Einen Mann? Einen Jungen? In einer roten Regenjacke mit Kapuze auf dem Kopf. Oder es war ein Kopftuch.« Sie kniff die Augen zusammen. »Die Jacke kann auch blau gewesen sein. Ich weiß es gar nicht mehr, es ging so furchtbar schnell.«

Janek ließ seinen Blick über die hinter ihnen liegende Kreuzung schweifen. Nichts und niemand war zu sehen, bloß die an vielen Stellen aufgeplatzte Straße, wuchernde Mispelsträucher am Rand und wilder Wein, der an den Fassaden der Gebäude emporrankte, als wolle er all den Beton und das viele Glas restlos auffressen.

»Vielleicht ein Tier?«

»Mit Regenjacke?« Sie schaute ihn stirnrunzelnd an.

»Du sagst doch selbst, dass du nicht sicher bist«, wandte er ein. »Nicht mal bei der Farbe.«

»Aber ich *hab* was gesehen«, beharrte sie. »Jemand ist auf die Straße gesprungen und es sah kurz so aus, als ob er uns winken wollte. Dann hat er es sich anders überlegt und ist schnell abgehauen.«

»Das kann eine Täuschung gewesen sein«, meinte er. »Gestern und heute, während ich allein durch die Stadt gefahren bin, hatte ich auch ständig das Gefühl, dass hinter mir jemand war. Wahrscheinlich, weil ich unbedingt *wollte*, dass da einer ist.«

»So ein Mist«, schimpfte sie. »Jetzt hatte ich mir gerade abgewöhnt, an Einbildungen zu glauben.«

»Ich bin ja auch immer noch keine Einbildung«, sagte er. »Aber wenn es dich beruhigt, lass uns nachsehen, ob wir Spuren finden.«

»Gut.«

Anouk ließ den Wagen langsam zur Kreuzung zurückrollen und hielt an. Sie stiegen aus und auch Tassilo sprang über das zerbeulte Heck hinweg auf die Straße.

»Wonach suchen wir?«, wollte Anouk wissen.

»Keine Ahnung. Fußabdrücke vielleicht.«

Anouk stemmte die Hände in die Hüften.

»Man kann überhaupt nichts erkennen«, sagte sie und bückte sich zu Tassilo hinab. »Hey, du Hübscher, was sagt deine Spürnase? Witterst du einen Menschen?«

Wie auf Kommando senkte der Hund die Schnauze auf den spröden Boden, wühlte zwischen den Grasbüscheln und den Zweigen und Blättern herum, die der Sturm über die Straße verteilt hatte. Dann lief er los.

»Es klappt«, rief Anouk begeistert. »Siehst du? Ich hab mich nicht geirrt. Komm mit.«

Sie folgten Tassilo quer über die Kreuzung bis

zu einer Ampel, an deren Pfahl sich eine junge Birke anschmiegte. Der Riesenschnauzer beschnupperte intensiv den schmalen hellen Stamm des Bäumchens, dann hob er sein Bein und markierte ihn ausführlich. Mit höchst zufriedener Miene trottete er anschließend zum Auto zurück, sprang hinein und rollte sich wieder auf der Rückbank zusammen, von wo er sie erwartungsvoll anblickte.

»Ich geb auf«, stöhnte Anouk. »Lass uns weiterfahren.«

Achselzuckend folgte Janek ihr zum Wagen und nahm wieder neben ihr Platz. Er wäre sich gern sicher gewesen, dass sie sich geirrt hatte. Aber das war er nicht. Das Gefühl der nächtlichen Angst war tief in seinem Unterleib noch ganz munter und schien nur darauf zu warten, erneut über ihn herzufallen.

Anouk bereitete das Autofahren sichtlich wachsendes Vergnügen, je länger sie am Steuer saß. Inzwischen hatten sie die Autobahn erreicht. Von den drei Fahrspuren war nur eine schmale Gasse geblieben, denn von links, vom Grünstreifen her, und von rechts, vom Waldrand aus, hatte sich die Natur vorangefressen, den Teerbelag aufgesprengt und ihn mit Gräsern, Heidekraut und Brombeerbüschen besiedelt. Auch hier schossen ein paar

Birken in die Höhe, denen es auf diesem von allen Menschen verlassenen Grund anscheinend bestens gefiel. Sie folgten dem schnurgeraden Band mitten durch die in goldenes Abendlicht getauchte Wildnis, über die sich jetzt vor dem Hintergrund der letzten dunklen Wolkenwand ein leuchtender Regenbogen spannte. Wenn es nach Janek gegangen wäre, hätte Anouk ruhig etwas schneller fahren können, aber nach seinem Crash in ihrem Vorgarten hielt er lieber den Mund. Letztendlich dauerte es statt einer Stunde zweieinhalb, bis sie nach der Autobahn auch die Landstraße hinter sich ließen, einen kleinen Hügel hinauffuhren und von dort oben aus ein kleines Tal vor sich sahen, in dessen Mitte ein Gutshof mit großzügigem Wohngebäude und einem lang gestreckten Stall lag. Auf den Weiden wogte das hohe Gras im Wind. Zwei bronzene Pferdeköpfe grüßten an der Toreinfahrt. Als der Wagen langsam hindurchrollte und auf dem verwilderten Hof zum Stehen kam, hob ein unbeschreibliches Gewieher an. Tassilo kam sofort auf die Beine und bellte zur Antwort.

»Sag ihm, er soll hierbleiben«, bat Anouk und sprang aus dem Auto. »Er macht die Pferde sonst noch mehr verrückt. Die sind bestimmt völlig durcheinander.«

Damit lief sie in den Stall hinein. Janek stieg aus, wandte sich an Tassilo und befahl in eher halbherzigem Ton: »Sitz. Und warte hier, klar?«

Augenblicklich ließ sich der Hund auf seinem Hinterteil nieder.

»Okay«, machte Janek, dann folgte er Anouk und betrat eine lang gezogene Gasse, an der zu beiden Seiten etliche Pferdeboxen lagen. Die Tiere warfen unruhig ihre Köpfe hin und her, traten mit den Hufen gegen die hölzernen Türen ihrer Verschläge und blähten schnaubend die Nüstern auf. Anouk hatte eine der Türen zur Seite geschoben und war einem großen braunen Pferd um den Hals gefallen, wobei Janek dieser Hals fast so groß vorkam wie das Mädchen selbst, und als das Tier den Kopf hob, flog Anouk jauchzend durch die Luft. Dann ließ sie los und rannte zum Ende der Stallgasse.

»Hilf mir«, rief sie Janek zu.

Ohne zu kapieren, bei was und wozu, trottete er hinterdrein. Aus einem Nebenraum zog Anouk eine Schubkarre hervor und deutete auf ein Regal mit Säcken voller Äpfel und Möhren.

»Das wäre erst mal ein Anfang«, meinte sie.

Gemeinsam wuchteten sie mehrere Säcke auf die Schubkarre, rissen sie auf und begannen, den Inhalt an die hungrigen Tiere zu verteilen.

Irgendwann fragte Janek: »Was meintest du damit, dass das ein Anfang wäre?«

»Wir müssen ihnen noch ihr richtiges Futter geben«, antwortete Anouk. »Und wir müssten auch ausmisten. Aber vor allem brauchen sie Bewegung. Ich muss Buffy nachher ein bisschen reiten oder sie zumindest longieren – und all die anderen Pferde eigentlich auch.«

Janek blieb stehen, legte die Möhren, die er gerade aufgegriffen hatte, auf die Schubkarre zurück und sah Anouk an.

»Wie lange wird das dauern? Stunden? Tage? Ist das nicht voll sinnlos?«

»Egal!«, schrie sie und ihr Gesicht verzerrte sich vor Wut. »Was sollen wir denn sonst tun?«

Janek machte unwillkürlich einen Schritt zurück. So behutsam wie möglich sagte er: »Anouk, all diese Leute, denen die Pferde hier gehören, die sind nicht mehr da. Die kommen vielleicht nie wieder zurück.«

»Weiß ich selber«, rief sie. Wieder traten Tränen in ihre Augen. »Aber wir können die Pferde doch nicht verhungern lassen! Die können doch nichts dafür!«

»Nein«, rief Janek zurück. »Die können nichts dafür. Und du, du kannst auch nichts dafür. Klar?«

Überrascht sah sie ihn an.

»Wäre es nicht besser«, begann er vorsichtig, »wenn wir sie einfach freilassen?«

»Wie ... frei?«

»Na, frei halt. Wir machen die Türen auf und lassen sie raus. Draußen gibt es saftige Wiesen. Bäche und Seen, wo sie trinken können und so. Ich mein halt – ganz früher, da haben die Pferde doch einfach in der Wildnis gelebt. Oder nicht?«

»Was heißt denn früher?«

»Na, so richtig vor langer Zeit eben. Bevor es solche Ställe gab. Oder Ritter. Oder römische Reiter. Oder Pharaonen. Als die Menschen selber noch in der Natur gelebt haben. Also ... ich stelle mir jedenfalls vor, dass es so war.«

Anouk gab wieder dieses ergreifende Schluchzen von sich wie vorhin in der Küche. Janek rechnete damit, dass sie ihn abermals anschreien würde.

Stattdessen sagte sie mit wackliger Stimme: »Und jetzt gibt es gar keine Menschen mehr außer uns. Keine Ritter oder Pharaonen.« Sie zog geräuschvoll die Nase hoch. »Ja, du hast recht. Wir lassen sie raus. Pferde sind Herdentiere. Sie werden zusammenbleiben und sich umeinander kümmern. Sie werden klarkommen.«

Entschlossen griff sie nach dem eisernen Hebel an der Boxentür, neben der sie gerade stand, und legte ihn mit Getöse um. Sie schob die Tür auf und rief: »Alibaba, komm raus, du bist frei!«

Der große Schimmel sah das Mädchen bloß ratlos mit seinen riesigen braunen Augen an, machte ein paar Schritte auf die Gasse hinaus und blieb dann stehen. Vermutlich wartete er darauf, gesattelt und in die Reithalle geführt zu werden.

»Es geht nicht«, seufzte Anouk. »Sie sind das nicht gewohnt, die kennen das gar nicht.«

»Hm«, überlegte Janek. »Haben die vielleicht einen Chef oder so was?«

Auch Anouk überlegte.

»Jupiter vielleicht«, sagte sie dann, lief die Gasse hinab und verschwand in der Sattelkammer.

Mit einem Halfter und einem langen Strick kam sie zurück, öffnete eine Box und führte ein stolzes, schwarz schimmerndes Ungetüm heraus, das unruhig mit einem Vorderhuf scharrte. Sie legte ihm das Halfter an und machte den Strick daran fest, führte ihn bis zum Ausgang und knotete das andere Ende des Stricks an einen eisernen Haken, der aus der Wand ragte.

»Okay, dann ist jetzt Tag der offenen Tür«, kommandierte sie und begann, die übrigen Verschläge aufzusperren.

Janek machte es ihr nach. Zögernd und sichtlich verwirrt kamen die Pferde hervor. Und bald herrschte auf der Stallgasse ein Gedränge wie sonst morgens um acht auf den Schulfluren. Bloß ohne Menschen natürlich. Jedenfalls wurde es Janek allmählich mulmig zwischen all den Tieren, deren Schulterhöhe ihn um mindestens zwei Köpfe überragte. Schließlich knotete Anouk Jupiters Strick wieder los und hielt ihn Janek hin.

»Was soll ich damit?«

»Du führst ihn raus. Mal sehen, ob die anderen folgen.«

»Ich? Wieso machst du das nicht?«

»Ich gehe hinten und sorge dafür, dass keiner zurückbleibt«, sagte sie. »Hinter einem Pferd zu gehen ist nämlich gefährlicher, als neben ihm zu gehen. Deshalb dachte ich, mach ich das lieber.«

»Ach so«, murmelte er und blickte ehrfürchtig zu dem schwarzen Kopf des majestätischen Hengstes auf. »Und der beißt mich auch nicht?«

»Nur, wenn du nervös bist«, grinste sie.

»Na, dann«, brummte Janek, nahm den Strick und zog daran.

Nichts geschah.

»Komm schon, Junge«, rief Janek.

Nichts.

Anouk griff nach dem Halfter und zog Jupiters Kopf sanft zu ihrem herab, streichelte ihm mit der anderen Hand über die Nase und flüsterte ihm beruhigende Worte ins Ohr. Dann gab sie ihm einen Klaps auf das Hinterteil und das mächtige Tier setzte sich in Bewegung. Janek hastete hinterdrein, um nicht den Strick aus der Hand zu verlieren.

»Ungefähr so?«, rief er über die Schulter.

»Man weiß zwar nicht genau, wer hier wen führt«, lachte Anouk, »aber es sieht gut aus.«

Draußen auf dem Hof wurden Janek und sein riesiger Begleiter von Tassilo empfangen, der ganz vorbildlich auf seinem Platz im Auto saß. Trotzdem spürte Janek, dass dem Pferd an seiner Seite dieser Hund nicht ganz geheuer war. In einem großen Bogen führte er Jupiter um ihn herum. Tatsächlich folgten ihnen die anderen Pferde aus dem Stall heraus, in einem weiten Halbkreis um das Auto herum und durchs Tor hinaus. Zwischen umzäunten Weiden hindurch ging es bis zum offenen Feld. Hier war Getreide angebaut worden. Weizen oder Gerste oder Roggen, Janek kannte sich damit nicht aus und es war auch kaum noch zu erkennen, weil zwischen den goldenen Ähren hohe Gräser und duftende Kamille und blau leuchtende Kornblumen hochgeschossen waren. Er blieb stehen und Jupiter hielt brav neben ihm. Janek wandte sich um. Es war eine hübsche kleine Herde, auch ein paar Fohlen liefen zwischen den großen Tieren umher. Ganz am Ende ging Anouk, eine Hand am Hals ihrer geliebten Buffy. Sie kam heran, nahm Janek den Strick aus der Hand und löste das Halfter von Jupiters Kopf. Dicke Tränen kamen aus ihren Augen, sie sprangen richtig hervor, wie man es nur in Zeichentrickfilmen sieht. Noch nie hatte Janek einen Menschen so weinen sehen.

»Ich lasse Buffy hier«, schluchzte sie. »Sie soll bei der Herde bleiben.« Sie wischte sich über die Augen. »Ich hatte überlegt, ob ich sie zu mir nach Hause bringen kann. Sie könnte doch in unserem Garten stehen. Aber das ist Quatsch. Sie gehört zu ihren Freunden. *Sie* hat ja noch welche.«

»Du auch«, sagte Janek. »Einen zumindest. Immerhin.«

»Immerhin«, weinte sie und warf ihm durch den Tränenschleier hindurch ein kleines Lächeln zu. »Und Hunger hab ich auch schon wieder«, fügte sie nach einer Weile hinzu. »Lass uns mal sehen, ob wir hier was zu essen finden.«

Wenig später zog der Duft von gegrillten Würstchen über den Hof. Janek hätte fürs Erste auch mit den Möhren und Äpfeln vorliebgenommen, die für die Tiere bestimmt gewesen waren. Doch nachdem sie bereits die Pferde freigelassen hatten, hatte Anouk keinen großen Unterschied mehr darin gesehen, nun auch ins Wohnhaus der Gutsbesitzerfamilie Merten einzubrechen. Dort gab es alles, was sie für einen gemütlichen Sommerabend im Freien brauchten.

»Ich glaube nicht, dass Herr und Frau Merten uns böse wären, wenn sie uns jetzt sehen könnten«, meinte Anouk und lehnte sich behaglich in ihrem Stuhl zurück. »Die sind echt das absolute Gegenteil von meinen Eltern. Manchmal träume ich davon, eines Tages auch auf so einem Reiterhof zu leben. Aber das passt natürlich nicht so ganz zu den Plänen, die meine Mutter mit mir hat.«

»Aber jetzt könntest du wirklich hierbleiben«, sinnierte Janek und ließ den Blick über das hübsche Haupthaus und die angrenzenden Stallungen schweifen. »Wir könnten zusammen hierbleiben.« Plötzlich gefiel ihm der Gedanke. Nichts zog ihn zurück in die Stadt, zurück nach Hause, wo bloß der DVD-Player auf ihn wartete. »Du hättest deine Buffy hier immer um dich und Tassilo würde es auch gefallen. Wir könnten im Internet gucken ... Genee, Quatsch, aber in Büchern lesen, wie man Gemüse anbaut und Obst und Getreide, wir könnten lernen, wie man Brot backt und Kuchen.«

»Und Weihnachtsplätzchen«, warf Anouk ein.

Das war wie ein Schlag in die Magengrube.

»Weihnachtsplätzchen«, wiederholte er tonlos.

Die Kinder tauschten stumme Blicke. Für den Augenblick ging es ihnen gut, sie saßen am Grill unter dem rosafarbenen Abendhimmel mit einer Apfelschorle in der Hand, während draußen die Pferde grasten und neben Janeks Stuhl ein zufriedener Tassilo döste. Aber dass es über Wochen so sein würde, über Monate – das war jenseits jeder Vorstellung. Es würde irgendwann Herbst werden und Winter. Sankt Martin käme und Nikolaus und schließlich Weihnachten; und selbst, wenn die eigenen Eltern die bescheuertsten der Welt wären ...

»Es stimmt, was du vorhin gesagt hast«, meinte Janek schließlich. »Lass uns nicht an morgen denken.«

Als es zu dämmern begann, entzündeten sie ein Lagerfeuer. Unter anderen Umständen wäre es wunderbar gewesen, bis tief in die Nacht am Feuer zu sitzen, Gruselgeschichten zu hören und neue Sternbilder am Himmel zu erfinden. Aber sie brauchten keine Gruselgeschichten, denn mit der Dunkelheit kam die Angst zurück; selbst jetzt noch, wo sie doch zu zweit waren. Die Geräusche der Nacht waren hier draußen auf dem Land noch unheimlicher als in der Stadt. Janek dachte an den Wolf, dem er und Tassilo begegnet waren. Schließlich zogen sie sich nach drinnen zurück. Da sie nun schon einmal die Tür zum Haupthaus aufgebrochen hatten, brauchten sie nicht mit den Gästezimmern vorliebzunehmen, fanden sie. Tassilo rollte sich im Flur vor der Haustür zusammen und schien für sie den Nachtwächter spielen zu wollen.

Im Schlafzimmer der Mertens stand ein breites altes Bauernbett, dessen wuchtiger Holzrahmen mit Schnitzereien reich verziert war. Mit einem Tarzan-Schrei sprang Janek auf die dicke Matratze und ließ das Bettgestell unter seinen Trampolinsprüngen knirschen und quietschen. Anouk war mit einem großen Satz neben ihm und sie hüpften um die Wette. Weil Apfelschorle und Würstchen in ihren Mägen ordentlich durchgeschüttelt wurden, musste Janek irgendwann herzhaft aufstoßen.

»Yeah, mindestens sieben Punkte«, lachte er.

»Punkte?«, fragte Anouk und zog die Augenbrauen zusammen.

Janek erklärte ihr die Punktetabelle, die er mit Enver ausgetüftelt hatte.

»Igitt«, meinte sie. »Also beim Kinder-Knigge-Kurs gäbe es dafür eher Minuspunkte.«

»Na und? Versuch es mal!«

Anouk atmete tief ein, dann stieß sie einen durchdringenden Rülpser aus.

»Respekt!«, rief Janek. »Volle zehn Punkte, würde ich sagen.«

Sie lachte, dann ließ sie sich rücklings auf die Matratze fallen.

»Ich schlage vor, dass wir morgen noch mal kurz in die Stadt zurückfahren«, sagte sie. »Ein paar Klamotten holen, Zahnbürsten und solchen Krempel.«

Janek sprang noch einmal fast bis zur Decke und plumpste neben sie.

»Du hast es dir also überlegt? Hierzubleiben, meine ich.«

»Warum nicht?«, brummte sie und breitete die dicke, weiche Bettdecke über sich.

Janek sprang auf, knipste das Licht aus und kletterte zu ihr ins Bett. Er spürte den Impuls, sich fest an sie zu kuscheln. Aber er traute sich nicht.

»Bist du noch wach?«, fragte er nach einer Weile.

»Ja.«

»Ich muss dir was sagen.«

Sie drehte sich zu ihm und stützte ihren Kopf auf eine Hand.

»Schieß los!«

»Dass ich noch hier bin und nicht weg, wie alle anderen – du sagtest, das sei, weil du mich nicht weggewünscht hast.«

»Und?«

»Es gibt, glaube ich, noch einen anderen Grund. Es ist nämlich so, dass ich auch ... also, genau wie du. Also, es ist so.« Er fasste sich ein Herz. »Ich habe genau dasselbe getan wie du.«

»Versteh ich nicht. Was, getan?«

»Gewünscht. Ich habe mir ganz fest gewünscht, ganz allein auf der Welt zu sein. So wie du.«

Und dann erzählte er ihr seine Geschichte. Von Papas Gerede über Verantwortung. Von Adas Lästereien. Wie Mama ihn ins Bett geschickt hatte. Von seinem Horror vor der Mathearbeit. Davon, wie ätzend Leon immer zu ihm war und wie sehr ihn das ankotzte. Anouk hörte ihm zu, ohne etwas zu sagen oder zu fragen. »Siehst du«, endete er, »es lag nicht daran, dass du mich magst. Es lag an mir.«

»Ich mag dich trotzdem«, lächelte sie. Das heißt – er konnte natürlich nicht sehen, dass sie lächelte. Dafür war es viel zu dunkel. Aber er konnte es hören.

»Ich mag dich auch«, sagte er endlich. »Ich hab dich schon ganz von Anfang an gemocht, seit ich dich zum ersten Mal gesehen habe. Aber … kann ich dich was fragen?«

»Klar.«

»Warum hast du es mir nie gezeigt? Dass du mich magst.«

»Wie meinst du das?« Mit einem Ruck richtete sie auf.

»Na, ich dachte ja die ganze Zeit, du stehst total auf Leon und auf diese ganzen Leute. Warum warst du sonst immer mit denen zusammen?«

»Weil … pfff.« Sie ließ sich wieder auf den Rücken fallen. »Vielleicht, weil ich nie darauf gekommen bin, mich dagegen zu wehren. Genau wie bei meiner Mutter. Alle erwarten, dass das reiche Mädchen mit den schönen Kleidern natürlich bei den coolen Jungs mit den teuren Hosen rumhängt. Als wäre das irgendein Gesetz. Wenn ich jetzt darüber nachdenke … ich versteh es selber nicht mehr.«

Sie rollte sich auf die Seite. Janek versuchte es zu begreifen, aber es klappte nicht. Wie auch, wenn sie es ja selber nicht verstand. Und noch etwas an ihr kam ihm total unlogisch vor und plötzlich wunderte er sich darüber, dass er ihr die Frage noch gar nicht gestellt hatte, seit sie sich in der Schule begegnet waren.

»Da ist noch was«, sagte er schließlich.

»Ja?« Sie drehte sich wieder zu ihm hin.

»Warum hast du deine erste Nachricht wieder fortgewischt?«

»Welche erste Nachricht?«

Jetzt war er es, der sich aufsetzte. »An der Tafel in der Schule«, sagte er. »Du warst doch am Montag schon einmal da. Hast was hingeschrieben und wieder fortgewischt. Und bist am Dienstag noch mal wiedergekommen. Warum?«

»Nein«, erwiderte sie. »Ich war am Montag nicht dort. Erst Dienstag bin ich hingegangen. Hab deine Nachricht gesehen, wollte eine Antwort drunterschreiben, da kamst du schon um die Ecke, mit deinem Hund.«

»Aber da war am Montag jemand, ich bin ganz sicher!« Janeks Atem ging auf einmal ganz flach. »Wenn nicht du, wer…«

»Der Typ in der Regenjacke!«, riefen sie beide gleichzeitig aus.

10

Als Janek erwachte, fühlte sich sein linker Arm ganz steif an. Mühsam drehte er sich um. Kein Wunder, Anouks Kopf lag an seiner Schulter. Er zog den Arm vorsichtig weg, setzte sich auf und betrachtete ihr Gesicht. Kein Mensch würde sie je lang genug anschauen können, um all ihre Sommersprossen zu zählen. Sie atmete gleichmäßig und sah vollkommen entspannt und friedlich aus. Während der Nacht hatten sie sich angsterfüllt aneinandergeklammert, als ihnen klar geworden war, dass sich tatsächlich noch ein weiterer Mensch in der Stadt aufhalten musste. Wer immer es sein mochte – dass er sich vor ihnen verbarg, machte ihn zu einer Bedrohung. Sie hatten noch lange miteinander geredet; nein, eigentlich mehr geflüstert, als hätten sie Angst gehabt, belauscht zu werden. Hatten wieder und wieder Vermutungen und Befürchtungen gewälzt, bis sie irgendwann eng umschlungen eingeschlafen waren. Nicht ohne einander zu versprechen, am anderen Morgen auf jeden Fall noch da zu sein.

Janek stand leise auf, ging zum Klo und danach in den Flur hinunter, wo Tassilo, als er die Schritte des Jungen auf der Treppe hörte, auffordernd an der Tür hochsprang. Janek ließ ihn ins Freie und trat selbst auf den Hof hinaus, der sich über Nacht mit blühendem Ginster überzogen hatte. Ihr Auto stand inmitten eines sattgelben Leuchtens, als hätten sie das Cabrio gestern auf einem Samtkissen geparkt.

Draußen vor dem Tor, wo die Hügel sanft anstiegen, war die Straße, die sie gestern herabgekommen waren, fast schon verschwunden. Das hohe Gras dort drüben bewegte sich und kurz meinte er, zwei spitze Ohren und das graue Fell eines Wolfsrückens zu sehen. Auch Tassilo hielt inne, warf den Kopf in den Nacken und sog Luft ein. Janek kniff die Augen zusammen und blinzelte gegen die Morgensonne. Nichts regte sich mehr im Gras. Tassilo wandte sich ab und schnüffelte in den Ecken herum. Vielleicht war es bloß eine weitere Sinnestäuschung gewesen. Falls aber nicht? Seltsamerweise machte ihm der Gedanke an Wölfe keinerlei Angst mehr. Er fühlte sich eher tröstliche an. Als würde das Tier, dem er gestern tief im Untergrund der Stadt begegnet war, ihm heimlich folgen, um ihn zu beschützen ... Was natürlich Quatsch war. Mit einem Kopfschütteln warf er den Gedanken ab und ging wieder hinein.

Als er zurück ins Zimmer kam, war Anouk bereits auf den Beinen und stand vor dem großen Spiegel.

»Hey, guten Morgen«, grüßte er. »Hast du schon aus dem Fenster geguckt? Draußen ist alles noch mehr gewachsen.«

»Ja«, antwortete sie, ohne den Blick von ihrem Spiegelbild zu lassen. »Alles wächst und sprießt und die Welt verwandelt sich über Nacht. Ich schaue ständig in den Spiegel, um zu sehen, ob ich noch ich bin. Und im Spiegel sehe ich immer mich, ganz klar mich. Aber trotzdem habe ich dieses Gefühl, als sei ich es, die sich verändert, und nicht die ganze Welt um mich herum.« Mit einem Ruck löste sie sich von ihrem Ebenbild. »Wie geht es eigentlich deiner Verletzung?«

Überrascht schaute Janek auf den Verband an seiner linken Hand. Aus der Wunde antwortete ein ganz sachtes Pochen, das er bisher gar nicht bemerkt hatte. Der Einbruch in den Bäckerladen gestern Mittag, der Kampf mit dem Wolf, der Sturm kamen ihm unendlich weit weg vor, als läge alles, was geschehen war, bevor er Anouk getroffen hatte, um etliche Jahre in der Vergangenheit.

»Ganz gut, danke.« Er stemmte die Hände in die Hüften. »Anouk«, sagte er ernst. »Wir müssen in die Stadt zurück.«

»Ich weiß.«

»Wir müssen den Typen mit der Regenjacke finden.«

»Ja.«

»Wir müssen versuchen, mit ihm zu reden. Rauskriegen, wer er überhaupt ist.«

»Klar.«

»Hast du Angst?«, fragte er.

»Total.«

»Ich auch.« Er seufzte. »Aber wenn wir es nicht tun, werden wir für immer Angst vor ihm haben. Wir können uns doch nicht für den Rest unseres Lebens verstecken. Und was soll schon groß passieren? Wir sind zwei und er ist nur einer. Vielleicht ist er ja am Ende ganz froh, wenn er uns sieht.«

»Nein«, widersprach sie entschieden. »Er hatte mehrmals die Chance, Kontakt aufzunehmen. Er will lieber alleine sein. Und jemand, der in dieser

Welt alleine sein will – so jemand macht mir einfach Angst, verstehst du? Er hasst uns.«

»Dafür müsste er uns ja erst mal überhaupt kennen«, wandte Janek ein. »Um uns zu hassen, meine ich.«

»Klar kennt er uns. Warum sollte er sonst in unserer Schule gewesen sein? In unserer Klasse? Du sagst, er hat was an die Tafel geschrieben. Und dann wieder weggewischt. Weil er sich dafür entschieden hat, lieber alleine zu bleiben, als dich zu treffen.«

»Und ... du hast schon einen Verdacht, *wer* es ist?«

Sie nickte bloß.

»Leon?«

Wieder nickte sie.

»Hast du ihn also doch erkannt? Gestern auf der Straße? Du wusstest doch nicht mal die Farbe seiner Jacke.«

»Weil ich darauf nicht geachtet hatte«, murmelte sie. »Das war ja nur ein kurzer Augenblick und da hab ich bloß auf das Gesicht gestarrt. Aber selbst das hab ich nicht eindeutig erkannt. Es war so verzerrt. Eine richtige Fratze. Wie in einem Horrorfilm.« Sie fuhr sich mit beiden Händen durchs wilde Haar. »Aber vorhin ging mir noch mal durch den Kopf, was du gestern Abend erzählt hast, das mit der verwischten Schrift an der Tafel. Und da hat sich plötzlich alles zusammengesetzt. Wie ein Puzzle.«

»Okay. Hm.« Janek kratzte sich am Kinn. »Aber vor Leon müssen wir uns doch nicht fürchten. Du hast selbst gesagt, dass er in Wahrheit ein Feigling ist. Wahrscheinlich hat er Angst vor *uns*.«

»Vielleicht.« Sie ließ die Hände sinken. »Aber sind es nicht gerade solche Leute, denen man im Extremfall alles zutrauen kann?«

Janek zuckte mit den Achseln. Über so etwas hatte er noch nie nachgedacht.

»Lass es uns herausfinden«, sagte er schließlich.

Eine halbe Stunde und ein üppiges Frühstück später saßen sie wieder in ihrem Cabrio. Mit Mühe bahnte sich der Wagen seinen Weg den Hang hinauf zur Landstraße. Die Straße war nur noch zu erahnen. Sie erkannten sie hauptsächlich daran, dass dort Gräser und Sträucher etwas niedriger standen als rechts und links davon. Ganz oben wandten sich die beiden Kinder noch einmal um und sahen ins Tal hinab, wo ihr wunderschöner Gutshof zwischen der immer üppiger wuchernden Natur fast ein bisschen verloren aussah. Vielleicht wäre er in zwei oder drei Tagen komplett überwuchert, dachte Janek. Vielleicht läge die ganze Welt in zwei oder drei Tagen unter dichtem Urwald. Die Pferde sahen sie nicht mehr. Anscheinend war die kleine Herde fortgezogen. Die Tiere hatten schließlich doch entdeckt, was Freiheit heißt.

Über flaches Gebüsch und aufgeplatzten Asphalt und quer über den Weg kriechendes Wurzelwerk hinweg rumpelten sie die Landstraße entlang und folgten der Autobahn, bis die ersten Vororte der Stadt in Sicht kamen. Schließlich näherten sie sich wieder der Kreuzung, an der sich tags zuvor die unheimliche Begegnung zugetragen hatte.

»Wohin wollen wir eigentlich?«, fragte Anouk, die wieder am Steuer saß.

»Zu Leon nach Hause, würde ich sagen. Wenn du dir so sicher bist, dass er es ist. Du weißt doch bestimmt, wo er wohnt.«

»Klar«, brummte sie und machte dabei ein Gesicht, als erinnere sie sich nicht besonders gern daran. »Ist ganz in der Nähe von mir.«

Sie passierten die Kreuzung und fuhren in Richtung des Viertels, in dem Anouk lebte. Das helle Zischen konnte Janek erst gar nicht einordnen, der Schreck kam mit einer Millisekunde Verspätung, als vor ihren Augen die Windschutzscheibe splitterte. Für einen Augenblick blieb alles stehen: der Wind, das Licht, die ganze Welt, der Wagen, den Anouk schlitternd gestoppt hatte. Sie saß wie festgefroren auf dem Fahrersitz, beide Hände ums Lenkrad geklammert, und starrte auf die spinnwebenförmigen Risse in der Scheibe. Jemand hatte auf sie geschossen.

Fahr!, dachte Janek. Dachte es, doch die Worte brauchten unendlich lange, um aus seinem Gehirn in seinen Hals zu gelangen und von dort nach draußen ins Freie. »Fahr, Anouk!«

Sie trat das Gaspedal durch. Der Wagen schoss quer über die Straße, traf die Bordsteinkante mit einem Knall, bevor er über den Bürgersteig rauschte, ein Zeitungskasten flog in hohem Bogen über sie hinweg, Anouk riss das Steuer herum, sie schlitterten wieder über die Straße, andere Bordsteinkante, anderer Bürgersteig, jemand schrie, vielleicht er oder sie oder keiner von beiden, Anouk zog den Wagen in die Straßenmitte, trat noch einmal voll aufs Gas und sie rasten über alle Kreuzungen hinweg in eine Kurve hinein. Schlingern, Rutschen, Drehen, Zurückdrehen, es war nicht zu sagen, was Anouk mit dem Auto machte oder es mit ihr, der Laternenpfahl kam wie aus dem Nichts, wuchs atemberaubend vor ihnen empor und war schon mit der Hand zu greifen, bevor alles weiß und weich und wie in Watte wurde.

Die Stille dauerte nur einen Sekundenbruchteil, doch der dehnte sich zur Ewigkeit aus. Warum bekam er keine Luft? Warum konnte er nichts sehen? War er jetzt im Himmel? War er ... Der Gurt riss mit hartem Ruck an seinen Schultern, holte ihn aus dem weißen Ballon zurück, in den sein Gesicht eingetaucht war; die Kraft des Aufpralls kehrte sich um und warf ihn mit dem Rücken tief in den Sitz. Dann war auch die Welt wieder da mit ihren Straßen und Bäumen und einem Laternenpfahl, der jetzt aussah, als würde er direkt aus der Motorhaube hervorsprießen. Und mit Anouk, die stocksteif und starr auf dem Sitz saß, noch immer beide Hände am Lenker und ihren Blick nicht vom Airbag lösen konnte.

Janek bewegte die zitternden Finger zum Verschluss seines Gurtes und öffnete ihn. Es kam ihm wie die komplizierteste Bewegung vor, die er je in seinem Leben auszuführen hatte. Als es endlich Klick machte und er sich befreit fühlte, beugte er sich zu Anouk hinüber.

»Bist du okay? Hast du dich verletzt? Bitte sag doch was.«

»Er hat auf uns geschossen«, flüsterte sie, ohne Janek anzusehen.

Erst ein leises Winseln von der Rückbank holte Anouk aus der Starre zurück.

»O nein, Tassilo«, rief sie, hob mühsam die Hände vom Lenkrad und öffnete ebenfalls ihren Gurt. Beide Kinder drehten sich um und sahen den Hund im Fußraum der Rückbank liegen, mit eingeklemmtem Schwanz und weit aufgerissenen Augen. Anouk kletterte über die Mittelarmlehne nach hinten und zog ihn auf die Sitze, wo Tassilo wacklig auf die Beine kam und ihre Hand leckte.

»Es geht ihm gut«, sagte sie. »Zumindest sieht es so aus. Puh.«

»Dir anscheinend auch«, antwortete Janek. »Und mir übrigens auch, falls es dich interessiert.«

»Entschuldige. Ich hab die Kontrolle über den Wagen total verloren.«

»Schon gut«, meinte er, stieg aus dem Wagen aus und streckte seine Beine durch. »Alles ist besser, als von diesem Irren abgeschossen zu werden mit ... mit was auch immer.«

Anouk stieß ein bitteres Lachen aus. »Und du wolltest mit ihm reden. Mann, Janek, er hätte uns töten können.«

»Hab ich auch begriffen!« Janek trat gegen das zerbeulte Blech des Wagens. »So ein Scheiß.«

Tassilo sprang heraus und beschnüffelte das Autowrack von allen Seiten. Er schien sich von dem Schreck erholt zu haben. Anders als Anouk, deren Knie immer noch zitterten, als sie jetzt ebenfalls ausstieg und sich misstrauisch nach allen Seiten umschaute. Es erschien unwahrscheinlich, dass Leon sie verfolgt hatte, dafür waren sie zu schnell und zu weit gefahren, bevor ihnen diese Kurve und der Laternenpfahl in die Quere gekommen waren.

»Was machen wir denn jetzt?«, fragte Anouk. »Willst du ihn noch immer finden?«

»Jetzt erst recht«, brummte Janek düster.

»Und dann? Was willst du mit ihm tun? Auf Reden scheint er ja nun nicht so viel Bock zu haben.«

»Ich auch nicht mehr.«

»Sondern? Willst du etwa mit ihm kämpfen?« Sie schüttelte den Kopf. »Das ist absolut verrückt. Das ist absolut total unlogisch.«

»Hey«, rief Janek und trat noch einmal gegen das Blech. »Logik gibt es sowieso nicht mehr. Guck dich doch mal um, siehst du hier irgendwas, was logisch wäre?«

Unwillkürlich drehte sie sich um und blickte die Straße hinab. Ganz am Ende ragte das Schild eines Baumarktes aus einem violetten Urwald von Fliedersträuchern.

»Okay«, knurrte sie. »Besorgen wir uns was.«

11

In den endlosen Gängen des verwaisten Baumarktes stießen sie auf ein Regal mit Metallplatten in allen denkbaren Größen. Sie wählten zwei Stück aus, die etwa die Ausmaße eines Ofenbleches hatten, dann suchten sie eine Bohrmaschine und frästen Löcher in die Platten, um anschließend Riemen aus festem Leder hindurchzuziehen. Die Riemen wiederum ließen sich am Unterarm befestigen wie der Schild eines Ritters, sodass sie auf altertümliche Weise gewappnet waren. Diese Schilde herzustellen, hatte ihnen sogar Spaß gemacht – durch den riesigen Laden zu laufen, alles zusammenzusuchen und daran herumzubasteln. Als sie aber schließlich die kühle Halle verließen und wieder auf den verwilderten Parkplatz hinaustraten, umfing sie mit der drückenden Hitze auch das Bewusstsein für das Absurde ihrer Situation: Sie wussten weder, wo sie Leon suchen sollten, noch, was er plante, mit welchen Waffen er gegen sie vorging oder warum er das überhaupt tat; nicht einmal, dass es tatsächlich Leon war, schien zweifelsfrei festzustehen. Auf dem Weg zu der Straße, in der Leon lebte, hielten sie sich dicht beieinander. Jedes Mal zuckten sie zusammen, wenn irgendwo im Gebüsch ein Rascheln zu hören war; sie reckten ihre Schilde hoch und hielten fünf oder sechs Herzschläge lang die Luft an, in Erwartung eines neuen Überfalls. Aber nichts geschah, außer dass ihnen ihre Schritte immer schwerer vorkamen, weil es wieder so heiß war wie gestern vor dem Gewitter und das Gewicht der Metallplatten an ihren Armen zog.

Sie kamen an eine Kreuzung, die Janek während des Sturmes schon einmal passiert hatte. Er erkannte das Werbeplakat wieder, die lachende blonde Frau mit der Sonnencreme. Anders als gestern hätte die Werbung heute gut gepasst, aber das Lachen der Frau kam ihm seltsam blind vor. Und dann erkannte er es: Sie hatte keine Augen mehr.

»Warte mal kurz.« Er war stehen geblieben. »Das Plakat da drüben, das ist ja ganz voller Löcher. Vor allem die Augen. Und um die Augen herum.«

»Na und? So was nennt man Vandalismus. Kommt andauernd vor. Oder *kam*.«

»Ja, *kam*«, wiederholte Janek. »Gestern war das Plakat noch in Ordnung. Da bin ich ganz sicher.«

Zögernd ging er darauf zu und Anouk folgte ihm. Der Untergrund, auf den das Plakat gekleistert war, schien aus irgendeinem Kunststoff zu bestehen und die Löcher waren keine richtigen Löcher, sondern kleine Beulen; etwa so dick, dass man einen Daumen hineinstecken konnte. Unter Anouks Schuh knirschte es. Sie bückte sich und hob ein rundes, buntes Etwas auf. Eine Murmel, erkannte Janek. Eine kleine Glasmurmel, wie er selber früher etliche besessen hatte. Sie bückten sich und sahen am Boden zwischen dem Gestrüpp viele weitere Murmeln liegen. Die Entdeckung musste mit Leon zu tun haben, doch Janek konnte sich keinen Reim darauf machen.

»Schießübungen«, sagte Anouk plötzlich.

»Was?«

»Er hat geübt, ganz klar. Bevor er auf uns geschossen hat. Hier an dieser Plakatwand hat er trainiert.«

Janek hob ebenfalls eine der kleinen bunten Glaskugeln auf und hielt sie gegen das Licht. In schillernden Farben brachen sich die Sonnenstrahlen darin. War es möglich, solch harmloses

Kinderspielzeug in eine bedrohliche Waffe zu verwandeln?

»Womit könnte er sie abgefeuert haben?«, überlegte er.

»Jedenfalls hat er sie nicht mit den Fingern auf unser Auto geschnippt«, brummte Anouk. »Leon muss den Verstand verloren haben.« Sie legte Janek eine Hand auf die Schulter, als wollte sie ihn schütteln. »Wir haben es mit einem Wahnsinnigen zu tun. Und irgendwie sind wir selber auch schon wahnsinnig, denn anstatt so weit wie möglich fortzulaufen, jagen wir ihm hinterher.«

Janek klopfte gegen Anouks Metallschild und grinste dabei. Es sollte Zuversicht ausstrahlen, aber es geriet eher zur Grimasse.

»Komm, weiter«, sagte er und stapfte entschlossen los. Tassilo sprang fröhlich neben ihm her.

Anouk schüttelte unwillig den Kopf und betrachtete etwas ratlos ihre Hand, die der Junge beiläufig von seiner Schulter geschüttelt hatte. Dann folgte sie den beiden.

Sie erkannten das Haus erst, als sie schon fast vor der Tür standen, so dicht wucherte der üppige Rhododendron im Vorgarten von Leons Familie. Es war im selben Stil gebaut wie das von Anouk und ihren Eltern, bloß schien es noch größer zu sein. Sie schoben sich so lautlos wie möglich zwischen dem

Gebäude und dem umgebenden Dickicht hindurch und versuchten, in die wenigen schmalen Fenster zu spähen. Doch sämtliche Vorhänge waren zugezogen. Tassilo hatte eine geduckte Haltung angenommen und hielt sich dicht an Janeks Beinen. Der ganze Hundekörper zitterte vor Anspannung, als warte der Riesenschnauzer nur auf den Befehl, loszuspringen und die Beute zu fassen.

Während die Vorderfront des Hauses eher abweisend wirkte, bestand die Rückseite fast komplett aus riesigen, bodentiefen Fenstern, die einen freien Blick ins Innere erlaubten. Allerdings gab es nicht allzu viel zu sehen. Die Marmorböden glänzten blitzsauber und die wenigen Möbel sahen so hochwertig neu und unbenutzt aus, dass es Janek vorkam, als flanierten sie am Schaufenster eines Möbelhauses vorbei – alles wirkte perfekt gestylt, unecht und unbewohnt. Von Leon war nichts zu sehen.

»Er scheint nicht hier zu sein«, flüsterte Anouk. »Gehen wir trotzdem rein?«

»Wozu?«

»Vielleicht finden wir irgendwelche Hinweise.«

»Hinweise? Auf was?«

»Wie?«

»Na, ein Hinweis muss doch auf irgendwas hinweisen.«

»Was weiß ich?«, brummte er. »Irgendwas halt, was uns weiterbringt.«

Er legte seinen Schutzschild auf den Boden und sah sich um. Auf der großen Terrasse gab es einen gemauerten Grillkamin. An einer Vorrichtung daneben waren Schaufel, Feger, Zange und ein massiver Schürhaken aufgehängt. Janek nahm den schweren Schürhaken und baute sich damit vor der Terrassentür auf. Bevor Anouk noch protestieren konnte, holte er kräftig aus und schon zersplitterte die Glasscheibe und die Worte des Mädchens gingen im unbeschreiblichen Geheul der Alarmanlage unter. Dabei war das gusseiserne Werkzeug noch nicht einmal komplett durch alle Schichten der dreifach verglasten Tür gedrungen. Janek holte erneut aus und hieb wieder zu und wieder und immer weiter, bis er endlich das gesamte Glas aus dem Türrahmen geschlagen hatte. Tassilo sprang aufgeregt hin und her und schien ihn anfeuern zu wollen, während Anouk dem Treiben reglos zusah. Als Janek schließlich den Schürhaken sinken ließ, taten seine Arme weh und der Schweiß rann ihm von der Stirn.

»Fühlst du dich jetzt gut?«, rief sie. Obwohl sie gegen das Heulen anschreien musste, klang es kühl.

»Hast du 'ne Ahnung, wie man diesen Lärm abstellt?«, rief er bloß zurück.

Statt einer Antwort trat sie über die Scherben hinweg ins Haus. Janek hob Tassilo über die Schwelle, damit der sich an den Glassplittern nicht die Pfoten verletzte, dann folgten sie Anouk in die Diele und bis zur Haustür, neben der ein Kasten mit Tasten, Display und blinkenden Lichtern hing. Sie nahm ihm den Schürhaken aus der Hand und holte damit so unkontrolliert aus, dass Janek unwillkürlich in Deckung gehen musste. Im nächsten Moment sprengte ihr Schlag den blinkenden Kasten in tausend kleine Plastikteile und mit einem letzten Wimmern erstarb der schrille Alarmton.

Sie gab ihm den Schürhaken zurück und sagte in die plötzliche Stille hinein: »Fühlt sich tatsächlich gut an. Komm, wir untersuchen Leons Zimmer. Ich zeig dir, wo es ist.«

Etwas an diesem Satz stach ihn ins Herz. Es erinnerte ihn daran, in welcher Welt das Mädchen eigentlich zu Hause war. Ob Leon nun ein feiges Arschloch war oder nicht – das alles hier war Anouk vertraut, hier kannte sie sich aus, war sie unter ihresgleichen. Janek Janczar hingegen war der Junge, der in einem Hinterhaus lebte, Mathe nicht kapierte und wohl sitzen geblieben wäre, hätten sich nicht in der Nacht zu Montag alle Menschen außer drei in Luft aufgelöst. Aber selbst

Leons Zimmer war so leer und steril wie der Rest des Hauses. Nur der Gamecontroller, der unter einem riesigen Flachbildschirm am Boden lag, und ein Poster mit einem düster dreinblickenden Anakin Skywalker deuteten darauf hin, dass hier ein elfjähriger Junge wohnte. Das und wohl auch die angebrochenen Chipstüten, die auf dem Bett verstreut lagen. Dazwischen fand sich ein zusammengeknülltes Blatt Papier, das Anouk aufhob, auseinanderfaltete und kurz anschaute, bevor sie es Janek reichte.

Er kannte die Worte auf dem Papier, es waren seine eigenen: FALLS NOCH JEMAND ÜBRIG IST, MELDE DICH BEI JANEK. Er knüllte es wieder zusammen und warf es zurück aufs Bett.

»Meintest du so was in der Art?«, fragte sie.

»Zumindest haben wir endlich den Beweis, dass es tatsächlich Leon ist«, gab er zurück, trat wieder auf den Flur hinaus und schlenderte weiter in die geräumige Küche. »Aha!«, machte er.

Anouk folgte ihm neugierig. Wie zwei Detektive musterten sie ein Häuflein aus Holzspänen und kurzen Ästen, die über die Küchenanrichte verteilt waren. Mittendrin stand eine Pappschachtel voller dicker Gummiringe. Solche Gummiringe verwendete Oma Luba stets für die großen bauchigen Einmachgläser, wenn sie im Spätsommer das

Obst aus dem Garten einkochte. Janek und Enver hatten solche Dinger früher mal benutzt, um sich Steinschleudern zu bauen.

»Lächerlich«, brummte er.

»Und unser Auto?«, hielt Anouk dagegen. »War das auch lächerlich?«

»Nee. Du hast recht.« Janek wandte sich ab und wanderte durchs riesige Wohnzimmer.

»Was suchst du noch?«, fragte sie. »Ich finde, wir haben genug gesehen. Lass uns hier verschwinden.«

»Ein gutes Versteck«, antwortete er. »Wir könnten hier auf ihn warten. Ihm eine Falle stellen.«

»Und dann?«

Sie sah ihn zweifelnd an.

»Wir überwältigen ihn und dann zwingen wir ihn, mit uns zu reden.«

»Wozu soll das gut sein?«

»Er soll sagen, wieso er uns angegriffen hat. Er soll schwören, dass er uns in Ruhe lässt.«

Anouk schüttelte den Kopf. »Das bringt doch nichts.«

»Ach, nein?« Es klang eine Spur zu unfreundlich und er merkte es selbst. Trotzdem setzte er nach: »Wie sollen wir ihn denn deiner Meinung nach ausschalten?«

Der Griff des gusseisernen Schürhakens in seiner Hand schien eine ungeahnte Kraft auszustrahlen.

Sie machte unwillkürlich einen Schritt zurück. Dann sagte sie: »Heute Morgen auf dem Reiterhof, da meintest du, wir könnten uns nicht unser Leben lang vor ihm verstecken. Aber du irrst dich. Wir können das sehr wohl. Die Welt ist riesiggroß. Wir können überall hingehen. Ohne Spuren zu hinterlassen. In tausend Jahren würde er uns nicht finden.«

»Ich will aber nicht weglaufen!«, schrie Janek plötzlich, wirbelte herum und hieb mit dem Schürhaken auf einen weißen Sessel ein, dessen Lederhaut wie eine klaffende Wunde aufsprang und eine Füllung aus winzig kleinen Kügelchen ausspie. »Irre«, flüsterte er und betrachtete fasziniert die Waffe in seiner Hand.

»Ja – irre«, wiederholte sie. »Irre im Sinne von krank.« Ihre Stimme bebte, aber sie blickte ihm fest in die Augen. »Wenn du nicht mit mir kommst, gehe ich eben allein.«

»Hey!« Er ging auf sie zu, das Werkzeug wie eine Streitaxt in der Hand, sie wich erneut zurück. »Das kannst du nicht machen. Gestern hattest du noch Angst, ich sei bloß eine Einbildung von dir, und jetzt willst du lieber wieder alleine sein?«

»Unsinn!«, schrie sie. »Ich will nicht alleine sein. Aber so einen Wahnsinn will ich auch nicht. Du müsstest dich mal ansehen.«

Das irritierte ihn für einen Moment.

»Was würde ich denn dann sehen?«, fragte er.

»Den Wahnsinn würdest du sehen. In deinen eigenen Augen. Genau wie bei Leon gestern. Und von so was will ich mich nicht anstecken lassen.«

Sie wandte sich ab und ging in den Flur zurück. Janek lief ein paar Schritte hinter ihr her, blieb stehen.

»Wo willst du denn überhaupt hin?«, rief er. Es klang hilflos.

»Erst mal nach Hause. Ich packe ein paar Sachen ein und den Schulatlas und überlege mir ein Ziel.« Scheppernd warf sie ihren Schutzschild auf den Boden, drehte sich noch einmal um, und er sah, dass sie mit den Tränen kämpfte. »Ich warte eine Stunde auf dich, falls du es dir anders überlegst.«

Und dann ging sie.

Das leise Klappen, mit dem die Haustür anschließend wieder ins Schloss fiel, hallte dröhnend in Janeks Kopf nach. Tassilo schaute ihn an – den Kopf schräg gelegt und mit einem Blick, den man durchaus als vorwurfsvoll hätte deuten können.

»Willst du vielleicht auch abhauen?«, knurrte Janek.

Aber der Hund sprang auf, kam zu ihm und fuhr ihm mit der rauen Zunge kurz über die linke Hand, dann setzte er sich neben den Jungen. Mit der rechten Hand fasste Janek seine Waffe fester und sammelte seine Entschlossenheit. Unter einem wohlig gruseligen Schauer betrachtete er das Bild in dem großen Spiegel gegenüber der Eingangstür. Janek Janczar. Die Waffe erhoben. Der Hund an seiner Seite.

Mut.

Treue.

Tapferkeit.

Er war bereit.

Er war so was von bereit!

Er musste pinkeln.

Mit einem Seufzer legte er den Schürhaken sacht auf dem Boden ab und ging ein Klo suchen. Und auf dem Rückweg vom Bad blieb sein Blick an einer halb geöffneten Tür hängen, die ihn aus irgendeinem Grunde anzog. Er schob sie auf und sah Regale mit Büchern und Aktenordnern, einen großen Schreibtisch. Eine der Wände war komplett mit vergrößerten und gerahmten Fotos vollgehängt. Vermutlich handelte es sich um das Arbeitszimmer von Leons Vater, den die zahlreichen

Fotografien an der Wand zeigten – mal ganz jung, mal älter, mal mit und mal ohne Bart, mal mit kühn geschwungener Haartolle und mal mit Halbglatze, aber immer mit diesem selbstgewissen Ausdruck in den eisblauen Augen. Der Mann schien ein absoluter Überheld zu sein: Im Tennisdress oder in Fahrradmontur, in Badehose oder mit dem Golfschläger unter dem Arm zeigte er irgendwelche Pokale in die Kamera; oder man sah ihn im feinsten Anzug ein Diplom präsentieren und die Manschettenknöpfe blinkten genauso kalt wie die Augen.

Ein leises Tappen ließ ihn herumfahren. Es war bloß Tassilo, der nachschauen wollte, wo der Junge blieb. Trotzdem war ihm der Schreck in die Glieder gefahren. Wie idiotisch von ihm, hier durchs Haus zu wandern, während Leon jeden Augenblick hereinkommen und den verräterischen Schürhaken gleich bei der Tür im Flur auf dem Boden liegen sehen konnte. Er beeilte sich, das Ding aufzuheben und auch den metallenen Schutzschild, den Anouk zurückgelassen hatte. Sollte er sich hinter der Tür postieren? Wenn er Pech hatte und Leon schnell reagierte, würde der eventuell abhauen, ihm die Tür vor der Nase zuschlagen und draußen entkommen. Vielleicht war es besser, sich in Leons Zimmer zu verstecken und dort auf ihn zu warten.

»Keine Sorge«, sagte er laut zu Tassilo. »Wir erledigen das hier und dann laufen wir schnell zu Anouk. Wir werden sie nicht verlieren, vertrau mir. Wir müssen bloß diese Sache noch durchziehen.«

Der Hund hob seine buschigen Augenbrauen, als zweifle er an Janeks Worten. Und leider zweifelte Janek selber daran. Eine Stunde hatte sie ihm gegeben. Wer wusste denn schon, wann Leon überhaupt zurückkam? Wo mochte er stecken? Janek konzentrierte sich. Er musste versuchen, so zu denken wie Leon. Also. Angenommen, Leon hätte nach seinem missglückten Angriff die Verfolgung aufgenommen. Früher oder später müsste er das Autowrack gefunden und gründlich untersucht haben. Und dann? Würde er dann nach Hause gehen? Nein, natürlich nicht! Er würde sich seinerseits fragen, wohin sie beide, Anouk und Janek, wohl als Nächstes gehen würden.

»Scheiße!«, rief er aus.

12

Ganz klar – Leon vermutete sie beide bei Anouk zu Hause. Deshalb kam er nicht. Er war bei ihr! Vielleicht hatte er ihr schon etwas angetan oder war gerade dabei, sie zu überwältigen. Panisch stürmte Janek aus dem Haus, rannte wieder hinein, fand nach einigem Suchen eine Durchgangstür vom Hausflur zur Garage und darin ein edles Mountainbike, das Leon gehören musste. Auf einen neuen Versuch mit einem der protzigen Autos wollte er es nicht ankommen lassen. Außerdem würde Leon ein einsames Auto in dieser stillen Welt schon von Weitem hören und wäre gewarnt. Einen Moment lang wiegte er unschlüssig seinen gusseisernen Schürhaken in der Hand. Natürlich hatte das Bike keinen Gepäckträger und Janek trug noch nicht mal einen Gürtel, an dem er seine Waffe hätte befestigen können; er steckte immer noch in Anouks Mesut-Özil-Trikot. Schließlich ließ er das Ungetüm zurück und auch den Metallschild. Trotzdem waren seine Klamotten schon bald durchnässt, denn es musste inzwischen Mittag sein und die Sonne brannte erbarmungslos. Tassilo lief mit hängender Zunge neben ihm. In seiner Panik, zu spät zu kommen, irrte er umher, weil er den Weg gar nicht wusste, bis er schließlich eine Straßenecke wiedererkannte. Hier waren sie gestern, von der Schule kommend, vorübergegangen. Jetzt konnte er sich orientieren und sprang wenig später schon vom Rad, das er neben der Einfahrt zu Anouks Haus in die Büsche schob. Dann pirschte er sich voran und Tassilo, der sich dicht an seinen Beinen hielt, nahm wieder seine gebückte Habachtstellung ein.

Die Haustür war angelehnt. Kein Laut drang heraus, aber jemand musste drinnen sein. Sie oder er? Oder beide.

»Sitz«, flüsterte Janek. »Du bewegst dich nicht vom Fleck, ehe ich dich rufe, okay?«

Tassilo fletschte die Zähne und ließ sein rollendes Knurren hören. Aber dann setzte er sich gehorsam auf die Hinterpfoten. Janek schlich hinein. Im Flur wirkte alles unverändert. Die Tür zum Badezimmer stand offen und auf dem Fliesenboden lagen auf einem Haufen noch seine Jeans, Unterhose und Socken; alles so, wie sie es gestern zurückgelassen hatten. Lautlos huschte er weiter bis zu Anouks Zimmer. Niemand war darin, doch das Fenster stand weit offen. Er atmete tief ein und aus, dann ging er mit großen Schritten quer durchs Zimmer und riss mit der anderen Hand den Kleiderschrank auf. Von Leon keine Spur.

Er trat ans Fenster. Es lag etwa ein halbes Stockwerk über dem Boden, denn an der Rückseite des Hauses fiel das Grundstück leicht zu dem ehemaligen Tennisplatz hin ab. Unten, zwischen Brennnesseln und Dornengestrüpp, sah er einen Mädchenschuh liegen. Das Unkraut war zu einer schmalen Gasse platt getreten. Sie führte zu dem Meer aus Mohnblumen, das einmal der Tennisplatz gewesen war.

Janek sah sich noch einmal kurz um, dann sprang er hinaus, kam federnd auf und folgte der Spur. Das Gift der Brennnesseln züngelte heiß über die Haut seiner Beine und trieb ihn vorwärts. Anouk musste Leons Kommen bemerkt haben und vor ihm geflohen sein. Und Leon dürfte ihr dicht auf den Fersen gewesen sein, wenn das Mädchen anscheinend nicht mal die Zeit gehabt hatte, den beim Sprung verlorenen Schuh mitzunehmen.

Ein Pfad aus geknickten Stängeln und zertretenen Blüten wies ihm den Weg durch das Mohnblumenmeer zu einer kleinen Gruppe dichter Fichten, zwischen denen er sich hindurchschlängelte. Auf der anderen Seite lag eine große Wiese, die von der Gartenmauer begrenzt wurde. Üppiger Bärenklau hatte sich hier breitgemacht und die Wiese in einen Zwergenwald verwandelt. An die Mauer schmiegte sich ein kleines Blockhaus – vielleicht eine Partyhütte oder bloß ein Geräteschuppen. Auch dessen Tür stand offen und die Spur des niedergetrampelten Grases führte direkt ins Innere. Janek ließ alle Vorsicht fahren, rannte über die Wiese und polterte in die Hütte hinein. Plötzliche Dunkelheit umfing ihn, denn die hölzernen Läden vor den Fenstern waren geschlossen.

»Anouk?«, rief er leise. »Anouk!«

»Falsch!«, kreischte es von draußen. Und das Kreischen klang wirklich irre. Irre im Sinne von krank. Es war seit Tagen die erste Stimme außer seiner und der von Anouk, die er hörte; sie klang fremd und zugleich sehr vertraut. Es war die von Leon. »Voll verarscht, du Looser!«

Janek wollte herumfahren und sich gegen die Tür stemmen, doch er konnte nichts mehr ausrichten. Die Tür fiel krachend ins Schloss, ein Schlüssel wurde umgedreht. Mit aller Macht warf er sich gegen das Holz, wieder und wieder, während seine Schulter zu schmerzen begann und eine ohnmächtige Wut in ihm aufstieg. Auch die Wut war vertraut und zugleich auf eine fremde Art roh und unbezähmbar.

»Lass mich raus, verdammt!«

Spöttisches Lachen antwortete ihm. Er riss eines der Fenster auf, suchte einen Hebel oder Riegel, um die Läden zu öffnen. Aber da war nichts, sie mussten von außen verschlossen sein. Mit den Fäusten hämmerte er dagegen, bis die ganze Hütte zu wackeln schien. Es half nichts. Je mehr er hier drinnen tobte und raste, desto mehr steigerte sich Leons Lachen draußen zu einem wahren Triumphgeheul.

»Na, wer ist jetzt der Versager?«, höhnte er.

»Wo ist Anouk?«, rief Janek. »Was hast du mit ihr gemacht?«

»Gar nichts. Sie ist überhaupt nicht hier. War wohl schlauer als du. Dein Pech, dass sie dir weggelaufen ist. Das mit dem offenen Fenster, mit dem Schuh und den Spuren im Gebüsch – das war ein genialer Trick von mir. Siehst du jetzt ein, dass ich kein Versager bin?«

Janek schwieg verwirrt. Wo mochte das Mädchen stecken? Und wieso meinte Leon, dass Janek ihn für einen *Versager* hielt? Es kam ihm beinahe vor, als würde Leon ihn mit jemandem verwechseln.

»Sie gehört sowieso nicht zu dir«, rief Leon von draußen. Ihm schien nicht zu gefallen, dass sein Gefangener mit dem Toben und Schreien aufgehört hatte. »Hörst du mich, Spasti?«

Janek schwieg und versuchte fieberhaft, seine Gedanken zu ordnen. Der Schuppen war voll mit Gartengeräten – Harken, Rechen, Schaufeln standen in Reih und Glied, Heckenscheren hingen an der Wand –, ganz sicher ließe sich irgendwo eine Axt finden, mit der er die Tür aufbrechen konnte.

»Das wäre im wirklichen Leben eh niemals vorgekommen«, fuhr Leon draußen fort, »dass eine wie Anouk sich mit einem wie dir abgibt.«

Janek spürte die Wut in seinem Innern brodeln, sie stieg ihm die Kehle empor, als müsse er im nächsten Moment brechen, doch er biss sich auf die Lippen und schluckte alles hinunter. Anders als im Freibad damals hätte er diesmal tausend gute Antworten gewusst. Doch er wollte Leons Spiel nicht mitspielen und dem Jungen draußen nicht das Vergnügen bereiten, sich an seiner Machtlosigkeit zu weiden. Außerdem sollte Leon endlich verschwinden.

»Da fällt dir wohl nichts mehr ein, Spasti«, spottete der. »Oder? He? Hörst du mich? Bist du etwa eingeschlafen? Hallo!« Er pochte an die Tür. »Jemand zu Hause?«

Janek schloss die Augen und dachte sich weit fort. So wie er das oft in der Schule getan hatte, wenn Leon, Paul und die anderen sich über ihn lustig machten. Oder wie an jenem Sonntagabend, an dem er alle weggewünscht hatte. Unwillkürlich musste er an den Wolf denken. Für den wäre das jetzt eine gute Gelegenheit, sich für die Rettung zu revanchieren. Er wusste natürlich, dass das Unsinn war. Und dass ihm eine solche Träumerei nicht helfen konnte. Helfen konnte ihm höchstens Tassilo. Sollte er ihn rufen? Vermutlich würde der Hund ihn gar nicht hören, wenn er immer noch drüben vorm Haus saß, dafür war das Grundstück viel zu groß; aber Leon würde Verdacht schöpfen. Nein, er musste Leon einfach loswerden und dann einen Ausbruch versuchen.

Leon bollerte noch eine Weile gegen die Tür, doch es klang zunehmend lustlos. Und schließlich hörte Janek Schritte im hohen Gras, die sich entfernten. Sein Gegner schien sich zu trollen. Janek wollte ihm eine Minute geben, um weit genug zu verschwinden. Langsam und konzentriert zählte er bis sechzig, während er sich im dämmrigen Innern der Hütte umsah. Ein breiter alter Schrank sah verheißungsvoll aus. Die Tür knarzte beim

Öffnen, was ihn innehalten ließ. Doch draußen blieb alles still. Janek betrachtete die Auswahl an Sägen und Beilen und griff schließlich nach einer schweren Axt, wandte sich zur Tür und fixierte das Schloss. Dann holte er aus und hielt abermals inne. Ein Rascheln von draußen. Sein Arm zitterte unter dem Gewicht der Axt. Die Wunde an der linken Hand pochte. Warum kam Leon zurück? Und wäre er, Janek Janczar, imstande, mit der Axt zuzuschlagen, falls Leon auf die Idee käme, die Tür zu öffnen? Ein feines Klicken. Der Schlüssel drehte sich im Schloss. Er packte den Schaft fester, mit schweißnassen Fäusten. Die Tür schwang auf und mit einem unterdrückten Schreckensschrei machte Anouk einen Satz zurück. Sie stand im Gras, mit einem großen Rucksack auf dem Rücken und starrte ihn an.

»Du«, stammelte Janek und ließ die Axt fallen.

»Ich«, sagte sie. »Komm raus, Mann. Ich bin hier, um dich zu retten.«

»Gerade rechtzeitig«, murmelte er und hielt eine Hand vor die Augen. »Wo hast du gesteckt? Und wo ist Leon? Hast du ihn gesehen? Er muss hier noch irgendwo sein. Hoffentlich haben wir ihn jetzt nicht gewarnt.«

»Nicht nötig«, grinste Leon und trat hinter einem Gebüsch hervor, das sich an die Wand der

Hütte und die rückwärtige Mauer schmiegte. »Schon wieder reingelegt, was?«

Er packte von hinten einen Tragegriff an Anouks Rucksack, dessen Gewicht erheblich sein musste, denn das Mädchen wurde herumgeschleudert und stürzte schwer ins hohe Gras. Janek kniff die Augen gegen die grelle Sonne zusammen. Schon sprang Leon ihn an und warf ihn zu Boden, beide landeten auf der Türschwelle der Hütte und Leon kniete sich auf Janeks Bauch.

»Bist du endlich stolz auf mich, du alter Scheißkerl?«, geiferte er. Spucke flog aus seinem Mund und traf Janek ins Auge.

»Nein!«, schrie Janek geistesgegenwärtig zurück und schnappte nach Luft, wusste selber nicht, woher die Eingebung kam, sie war einfach da. »Nein«, schrie er mit pfeifendem Atem, »du bist und bleibst ein Versager, der nicht mal mit so 'nem Spasti hier fertigwird.«

Leon brüllte etwas völlig Unverständliches. Sein Gesicht hatte sich verzerrt. Eine Fratze. Wie Anouk sie gestern an der Kreuzung gesehen hatte. Er wollte nach der Axt greifen, die Janek gerade eben fallen gelassen hatte, doch dabei musste er sich strecken und das verminderte seinen Druck auf Janeks Bauch. Der spürte plötzlich, dass sein linker Arm wieder frei war, ballte die

Hand zur Faust, holte aus und schlug unkontrolliert zu, ohne dass er in dem gleißenden Gegenlicht genau sah, wohin. Er spürte, dass er traf; spürte, dass die Wunde auf dem Handrücken wieder aufplatzte; spürte, wie Leon von ihm herunterrollte und zur Seite sackte. Augenblicklich war Janek auf den Beinen, sah Blut auf seiner Hand und welches in Leons Gesicht und wusste nicht, wem es gehörte; sah bloß die Axt liegen und seine eigene rechte Hand danach greifen. Doch wie durch Watte drang Anouks Stimme zu ihm durch.

»Komm, es reicht«, sagte sie. Sie hatte sich mit ihrem schweren Rucksack wieder aufgerappelt und griff nach seinem Arm. »Lass uns abhauen.«

Für eine Millisekunde schien alles möglich – dass Janek die Axt nahm und Leon damit erschlug oder dass er einfach heulend zusammenbrach. Aber dann fasste er sich, kickte widerstrebend die Axt fort aus Leons Reichweite, der sich wimmernd auf der Türschwelle wand, und rannte mit Anouk zusammen durch den Garten zum Haus zurück.

»Wohin?«, rief er keuchend.

»Ums Haus herum«, rief sie zurück und keuchte noch mehr unter ihrer Last. »Durchs Tor hinaus auf die Straße und so weit weg wie möglich.«

Sie liefen zurück durch den Wald aus Bärenklau und den kleinen Fichtenhain, durch das Mohnblumenmeer und zum Haus. Sie hatten gerade die Mauerkante erreicht, als ihnen von dort winzige Steinchen ins Gesicht flogen. Ein kleines, glitzerndes Etwas war mit irrer Geschwindigkeit in den Putz eingeschlagen.

»Ich kriege euch!«

Sie drehten sich um. Leon stand am Rande des Mohnblumenmeeres und spannte die Steinschleuder in seiner ausgestreckten Faust. Ohne sich abzusprechen, rannten Janek und Anouk wieder los, kämpften sich durch Dornenbüsche, gelangten auf die Terrasse an der schmalen Seite des Hauses und hatten fast die nächste Mauerkante erreicht, als Leon brüllte: »Bleibt stehen oder ich schieße! Einen von euch erwische ich auf jeden Fall.«

Janek hielt inne und drehte sich langsam um. Anouk tat dasselbe. Dabei machten sie jeder einen Schritt rückwärts, bewegten sich ganz synchron, als hätten sie das irgendwann einmal einstudiert.

Leon ging zwei Schritte auf sie zu.

»Warum können wir nicht einfach reden?«, rief Janek zu ihm hinüber.

»Weil es nichts zu reden gibt.« Leon hielt ein Auge zusammengekniffen und zielte, wobei auf die Entfernung nicht zu sagen war, auf wen. »Ihr solltet überhaupt nicht hier sein. Das ist alles nicht wirklich und ihr habt in dieser Welt nichts verloren.«

»Wir sind so wirklich wie du, Leon«, antwortete Anouk.

»Wenn du wirklich wärst«, entgegnete er, »dann wärst du bei mir, nicht bei dem Spasti da.« Wieder gingen Janek und Anouk ganz langsam rückwärts, während Leon weiter auf sie zuschritt. Mit Daumen und Zeigefinger hielt er seine Schleuder gespannt. Er hatte jetzt die Terrasse erreicht und näherte sich den beiden immer mehr. Sie kamen langsam in die Nähe der vorderen Mauerkante, wo der Vorgarten begann.

»Was willst du überhaupt mit dem armen Spasti da?«, fuhr Leon fort.

Seltsamerweise trafen diese Worte Janek mehr, als wenn Leon ihm seine Murmel direkt ins Auge gefeuert hätte. »Du kannst zu mir kommen und bei mir bleiben, Anouk. Dann lass ich den Spasti laufen.«

Unwillkürlich drehte Janek den Kopf zur Seite und sah Anouk an. Einen Augenblick lang hielt er es für denkbar, dass sie ihre Meinung änderte. Dass sie hinüber zu Leon laufen und sich neben ihn stellen würde, weil das ihr natürlicher Platz war. Ihr Gesicht zeigte keine Regung.

Dann sagte sie: »Du klingst wie in einem schlechten Film. Nimm endlich dieses Ding runter und lass uns in Ruhe.«

Janek sah hinter ihrem Kopf die Mauerkante des Hauses verschwinden. Sie hatten den Vorgarten erreicht. Und dort, vor der Haustür, kam Tassilo lautlos auf die Beine, jeden Muskel angespannt, alle Haare aufgestellt.

»Na und?«, sagte Leon, machte noch zwei Schritte vorwärts an der Hausecke vorbei und stand jetzt in Tassilos Blickfeld. »Es ist jedenfalls mein Film. Ganz allein meiner. Ich habe mir das nämlich genau so gewü...«

»Fass!«, schrie Janek aus Leibeskräften.

Und als Leon überrascht den Kopf drehte, flog der Riesenschnauzer heran. Leon riss zum Schutz die Arme hoch, mit einem Knall löste die Steinschleuder aus und die glitzernde Murmel flog in die Sonne hinein.

»Lauf!«, rief Anouk und spurtete los.

Janek rannte ein paar Schritte und wandte sich wieder um. Tassilo hatte sich in Leons Arm verbissen, beide wälzten sich am Boden. »Aus!«, rief Janek. »Komm her, Tassilo!« Der Hund hielt kurz inne, als müsse er erst überlegen. Dann ließ er von Leon ab, war mit drei Sätzen bei Janek und Anouk und wetzte vor ihnen her durchs zugewucherte

Tor und auf die Straße hinaus. Hinter sich hörten sie Leon fluchen, bis sein Wutgeheul in Schluchzen überging und immer leiser wurde.

»Wo geht es lang?«, fragte Anouk, während sie die Straße hinunterjagten.

»Wohin?«

»Zu dir nach Hause. Damit du auch ein paar Sachen packen kannst. Bevor wir für immer aus dieser Stadt verschwinden.«

»Ich ... keine Ahnung. Wir müssen zur Schule laufen. Von dort kenne ich den Weg.«

»Okay.«

Janek drehte sich noch einmal um. Anouks Haus und Leon waren längst verschwunden. Vielleicht hatten sie beide zum letzten Mal gesehen. Zum letzten Mal für immer. Sie rannten bis zur nächsten Kreuzung und noch bis zur übernächsten, dann hatten sie Seitenstechen und keine Puste mehr und mussten verschnaufen. Anouk streifte den Rucksack ab und Janek hob ihn auf und warf ihn sich auf den Rücken.

»Verdammt, was ist da drin? Alle deine Diamanten und Edelsteine?«

»Mein ganzes Leben«, seufzte sie. »Kleider, Bücher, CDs, was mir auf die Schnelle wichtig war. Ich hab einfach alles zusammengerafft, weil mir plötzlich klar wurde, dass Leon natürlich nicht nach Hause laufen würde. Sondern weiter nach uns sucht. Und dass er früher oder später bei mir aufkreuzen musste. Ich hab mich also in der Garage versteckt, während er im Haus herumgemacht hat.« Sie schüttelte sich. »Ekelhafte Vorstellung, dass er in meinen Sachen wühlt, aber ich konnte nichts dagegen tun, ich wollte ihm auf keinen Fall begegnen.«

»Aber warum bist du nicht einfach abgehauen, während er im Haus war?«

Sie stemmte die Hände in die Hüften und sah ihn aus ihrem Sommersprossensternenhimmelgesicht an.

»Weil ich natürlich auf dich gewartet habe. Ich wäre niemals ohne dich fortgegangen. Auch wenn es Tage gedauert hätte.«

Janek grinste. Nein, eigentlich grinste er nicht, sondern strahlte über das ganze Gesicht und sagte: »Du wolltest halt doch bei dem armen Spasti bleiben und nicht beim tollen Leon, oder?«

Und Anouk strahlte zurück, als sie sagte: »Nee, es ging nicht darum, bei wem *ich* bleibe. Ich wollte, dass *du* bei *mir* bleibst.«

»Ach«, machte er. Und bevor er noch selber wusste, was er tat, trat er einen Schritt auf sie zu und küsste sie auf den Mund. Ihre Lippen waren weich, schmeckten salzig und brannten wie Feuer. Sein ganzer Kopf geriet in Flammen. Unsicher wich er zurück, aber Anouks Kopf folgte seinem und sie küsste ihn zurück. Dann, wie auf ein stummes Kommando, setzten sie sich beide wieder in Bewegung. Das Feuer in Janeks Kopf brannte weiter. Noch nie in seinem Leben hatte er so etwas Mutiges getan wie gerade. Noch nie hatte er so etwas Schönes gespürt und geschmeckt. Noch nie war er so durcheinander, verwirrt, erschrocken über sich selbst. Eine gute Ablenkung war, sich ganz fest auf den Weg zu konzentrieren.

13

Die Schule ragte wie ein einsames Denkmal aus dem Urwald. Den Weg zu erkennen, wurde immer mühsamer, aber schließlich erreichten sie die vertraute Kreuzung, wo noch immer die verlassene Stadtbahn mit ihren zwei Waggons stand, von Schlingpflanzen fest umklammert. Auf dem Bahnsteig wucherte Heidekraut und darüber prangte die Anzeigetafel und zeigte unverdrossen *Mittwoch, 6. Juli, 15:23 Uhr.*

Er erinnerte sich, wie es sich jeden Sommer am Ende des Urlaubs anfühlte, wenn sie nach drei Wochen am polnischen Ostseestrand und einer langen, erhitzten Rückfahrt hier einbogen und es ihm vorkam, als sei er jahrelang fortgewesen. Diesmal lag es bloß einen Tag zurück, dass er mit Tassilo an seiner Seite und einem großen Stapel

Flugblätter im Rucksack von hier aufgebrochen war. Und doch war eine Ewigkeit vergangen. Er fühlte sich wie ein Weltreisender, der nach Jahrzehnten der Wanderschaft als erwachsener Mann das Haus seiner Kindheit wiederentdeckt – und so sah es auch aus. Ein dichter grüner Vorhang aus herabhängendem Efeu verbarg die Durchfahrt und die sattgrünen Blätter glitten sanft über ihre Köpfe hinweg, als sie den überwucherten Hof betraten. Der alte Apfelbaum, sonst in jedem Frühling und Herbst vom Hausmeister gnadenlos beschnitten, war in die Höhe geschossen und hatte eine mächtige Krone ausgebildet, die wie eine natürliche, grün schillernde Kuppel den Hof überdachte. Tassilo erkannte ihn trotzdem sofort wieder und sprang freudig um den Baum herum.

»Hier wohnst du also«, sagte Anouk und schaute sich um.

Wilder Wein bedeckte die ganze verwitterte Fassade des Hinterhauses und rankte sich um den rostigen Ring des alten Basketballkorbes. Mitten im Hof, schon halb von einem Brombeerstrauch verschluckt, stand wie zur Erinnerung an eine längst untergegangene Zivilisation der Einkaufswagen, mit dem Janek gestern seine Vorräte hergeschafft hatte. Aus einer Ecke lugte der alte Brazuca hervor.

»Ja, ähm ... es ist natürlich nicht so toll wie bei dir.«

»Red keinen Quatsch«, erwiderte sie fröhlich. »Zeig mir lieber deine Wohnung.«

Das hätte er gern getan, doch der Hausschlüssel steckte noch in seiner Jeans, die zusammengeknüllt auf dem Fußboden von Anouks Bad lag. Aber inzwischen war er ja so etwas wie ein Profi im Einschlagen von Türen und Fenstern. In der offen stehenden Fahrradgarage fand er nicht nur eine putzige Hasenfamilie, sondern auch einen schweren Schraubenschlüssel, mit dem er die Glasscheibe in der Tür so lange bearbeitete, bis er hineingreifen und sie von innen öffnen konnte. Abgestandener Treppenhausgeruch schlug ihnen entgegen, und als er ihr oben die Tür aufhielt, die er tags zuvor glücklicherweise nicht zugezogen hatte, kamen ihm die Wohnung und das Haus und überhaupt das ganze Stadtviertel schäbig vor. Von hinten betrachtete er Anouk, wie sie sich in dem engen Flur umsah und dann die Küche ansteuerte, wo sich Janeks »Einkäufe« unberührt auf dem kleinen Tisch und der Eckbank stapelten.

»Wow, du hast vorgesorgt«, staunte sie. »Ganz schön gemütlich sieht es hier aus. Wo ist denn dein Zimmer?«

Er winkte sie zurück in den Flur und dann durch

die Tür ganz am Ende, wo seine mickrigen elf Quadratmeter lagen, mit einem zerwühlten Bett und einem Schreibtisch voll seltsamer Aufbauten aus Fernseher, DVD-Player und Mikrowelle. Wer solche Paläste gewohnt war wie ihr Haus oder auch das von Leon, dem musste Janeks Zimmer wie eine Wellblechhütte vorkommen. Er ließ Anouks Rucksack von der Schulter gleiten und lehnte ihn an die Wand.

»Hast du etwa für die Schule gelernt?«, wunderte sie sich und nahm das aufgeschlagene Mathebuch von seinem Bett.

»Na ja, irgendwie musste die erste Nacht halt vorbeigehen.«

»Ja, ich weiß, was du meinst. Ich hab mich die ganze Nacht unter der Bettdecke verkrochen.« Sie legte das Buch zur Seite. »Aber du musst zugeben – lustig ist es schon, dass du ausgerechnet dann mit dem Lernen anfängst, wo es keine Schule mehr gibt.«

Ohne eine Antwort abzuwarten, machte sie einen Schritt auf ihn zu und ergriff seine linke Hand. Die aufgeplatzte Wunde blutete nicht mehr, Staub und Dreck hatten sich darin abgesetzt.

»Tut es weh?«, fragte sie. »Lass mich mal sehen.«

»Nicht der Rede wert«, brummte Janek und wollte sich wegdrehen.

Anouk hielt ihn fest.

»Lass mich trotzdem mal schauen.«

Ihre Fingerspitzen fuhren kühl über sein Handgelenk. Janek zuckte zusammen und zog die Hand nun doch fort. Gestern in ihrem Badezimmer hatten sie einander genau so gegenübergestanden und es war überhaupt nichts dabei gewesen. Aber jetzt fühlte es sich völlig neu an. Der Kuss hatte alles verändert.

Er lief ins Bad, wusch den Schmutz aus der Wunde und klebte sich selbst ein Pflaster darauf. Dann zog er die große Reisetasche aus dem Schrank und kratzte sich grübelnd am Kopf. Was packt man ein, was lässt man zurück, wenn man im Begriff ist, für immer fortzugehen?

»Eigentlich hab ich Hunger«, sagte er schließlich. »Wollen wir uns nicht erst mal was kochen?«

»Wir haben keine Zeit zu verlieren«, widersprach sie. »Leon gibt bestimmt nicht auf.«

»Er weiß doch gar nicht, wo ich wohne.«

»Aber er hat den Zettel mit deiner Nachricht. Da steht deine Adresse drauf, schon vergessen? Vielleicht ist er längst auf dem Weg hierher. Essen können wir immer noch, wenn wir erst mal aus der Stadt raus sind.«

»Okay.« Er kratzte sich wieder am Kopf. »Aber

ich will zumindest Tassilo rasch was geben. Wo ist er überhaupt?«

Er lief in die Küche, riss eine Dose Hundefutter auf und stellte sie auf den Boden.

»Tassilo? Wo bist du, alter Junge? Es gibt was zu fressen.«

Durch die offene Wohnungstür hörte er leises Winseln aus dem Treppenhaus und ein scharrendes Geräusch. Als er die Treppe hinablief, fand er den Hund im Erdgeschoss. Tassilo kratzte mit der Pfote an der Tür von Herrn Hartmanns Wohnung. Von *seiner* Wohnung.

»Du vermisst dein Herrchen, hm?« Janek hockte sich neben den Riesenschnauzer und fuhr ihm mit der Hand übers weiche Fell, kraulte ihn zwischen den Ohren. »Du hast Heimweh. Obwohl wir hier zu Hause sind. Ich verstehe das.«

Tassilo spitzte die Ohren. Und dann hörte Janek es auch. Erst klang es wie entferntes Jaulen, doch es war ein überdrehtes Motorengeräusch, das sich rasch näherte. Janek lief zur Haustür und sah durch die zerschlagene Scheibe hindurch, wie der grüne Vorhang vor der Toreinfahrt auseinanderflog. Ein großer alter Wagen schoss hindurch, knallte gegen die Wand, dann gegen die andere und blieb schief in der Einfahrt stecken. Es war der Bentley aus der Garage von Anouks Eltern.

»Anouk!«, schrie Janek und sprang die Stufen zum Keller hinab. Entgegen der strengsten Verordnungen des Hausmeisters lagerte dort immer etwas Sperrmüll. Janek fand eine breite Pressspanplatte, die er mit größter Anstrengung die Treppe hinaufwuchtete und gegen die Tür presste. »Anouk!«

»Was ist los?«, rief sie von oben.

»Wir kriegen Besuch! Hilf mir mal!«

Unter der Kellertreppe fanden sie ausrangierte Holzbalken, die sie zwischen der Spanplatte an der Tür und den unteren Stufen der Treppe zum ersten Stock verkeilten. Die Befestigung schien bis auf Weiteres zu halten. Doch Leon machte keine Anstalten, das Haus zu stürmen. Zunächst hatte er den Wagen so hoffnungslos in der Toreinfahrt festgefahren, dass es ihn Mühe kostete, über den Beifahrsitz auszusteigen. Und als Janek und Anouk oben in der Wohnung durchs Küchenfenster in den Hof spähten, hatte er sich, mit seiner Steinschleuder im Anschlag, hinter dem Wagen verschanzt.

Janek öffnete das Fenster einen Spalt und rief in den Hof hinab: »Was willst du jetzt noch? Hast du noch nicht genug?«

»Kommt einfach runter und ergebt euch!«, rief Leon zurück.

»Und dann?«, fragte Anouk. »Was willst du mit uns machen?«

»Das seht ihr dann schon.«

Janek schloss das Fenster wieder.

»Was mag der bloß vorhaben?«, überlegte Anouk.

»Gar nichts«, winkte Janek ab. »Leon hat keinen Plan oder so was. Er ist einfach voll übergeschnappt. Hast du dich schon mal gefragt, wie es überhaupt kommt, dass er auch übrig geblieben ist?«

»Weil er sich dasselbe gewünscht hat wie wir.«

»Genau. Und das überrascht mich nicht mal, nachdem ich gesehen habe, wie er lebt.«

Sie sah ihn ratlos an.

»Was tun wir jetzt?«

»Wir könnten uns auf der Rückseite vom Haus abseilen.« Er ging voran, führte sie ins Schlafzimmer seiner Eltern, um das unbenutzte Bett herum und öffnete das Fenster.

Anouk lehnte sich hinaus. Drei Meter unter ihnen lag der spitze Giebel des angrenzenden Hauses und hinter diesem Haus eine schmale Seitenstraße.

»Das schaffen wir niemals«, meinte sie. »Abseilen, okay, aber wie kommen wir von dem Dach herunter? Wir können doch nicht über den First balancieren. Schon gar nicht mit Tassilo. Oder willst du ihn zurücklassen?«

»Nee«, meinte Janek.

Er ging in die Küche zurück, wo sich der Hund gerade über die Dose mit dem Futter hermachte, und spähte wieder durchs Fenster. Darauf hatte Leon bloß gewartet. Er ließ das Gummi losschnellen und seine Murmel knallte gegen den Fensterrahmen. Janek duckte sich unter dem Fenster weg, griff nach dem Zug für den Rollladen und ließ ihn herabschnellen. Die Küche versank im Dunkeln.

Anouk knipste das Licht an und sagte: »Alles, was wir tun können, ist warten. Irgendwann muss er ja müde werden. Irgendwann wird er einschlafen. Wir können abwechselnd Wache halten. Und wenn es so weit ist, schleichen wir uns an ihm vorbei.«

»Falls er nicht vorher versucht, irgendwie hier hereinzukommen«, meinte Janek. Er zog den Rollladen wieder ein kleines Stück hoch, sodass sie durch einen Spalt zwischen den Lamellen nach draußen sehen konnten. Leon unternahm keinerlei Anstalten, sich dem Haus zu nähern.

Anouk nahm eine Dose Ravioli vom Tisch. »Na ja«, brummte sie. »Jedenfalls haben wir jetzt Zeit zum Essen.«

Der Nachmittag zog sich quälend langsam dahin. Sie aßen ohne richtigen Appetit und holten anschließend Janeks Schulatlas hervor. Anouk schwärmte ihm von der Côte d'Azur vor, vom bezaubernden Licht und dem funkelnden Wasser, während sie in der drückenden Hitze der abgedunkelten Wohnung saßen. Zwischendurch spähten sie abwechselnd nach draußen, um zu sehen, was Leon trieb. Doch der bewegte sich nicht vom Fleck, sondern hielt seine Position mit der Geduld eines einsamen Rächers.

Je länger sie drinnen ausharren mussten, desto mehr überboten sie sich in märchenhaften Träumen über ihre Zukunft in den exotischsten Ländern des entvölkerten Planeten. Doch ganz unmerklich beschlich Janek das klamme Gefühl, dass sie niemals fortgehen würden. Als stünde ihre gemeinsame Zeit vor einem baldigen Ende, ohne dass er sich erklären konnte, wieso ihm das so vorkam – noch, wie dieses Ende eigentlich aussähe.

»Stell dir vor«, sagte er schließlich, »dass plötzlich alle wieder da sind. Das alles wieder so wäre, wie vor diesem Montagmorgen.«

»Ja?«, sagte sie.

»Wovor hättest du am meisten Angst?«

»Angst ... Angst habe ich gar nicht. Wenn ich

an mein normales Leben denke, ist da eher so eine große Leere.« Sie legte unwillkürlich die Hände auf ihren Bauch. »Ganz leer und dumpf. Wenn ich mir vorstelle, dass jetzt wieder Montag wäre und die Schule würde anfangen und danach müsste ich zum Kinder-Knigge-Kurs und die ganze Scheiße würde wieder losgehen. Hm.« Sie sah ihn an. »Hast du denn Angst vor irgendwas?«

»Vor der Mathearbeit«, sagte er, ohne zu zögern. »Du erinnerst dich, was ich dir gestern Abend erzählt habe. Dass ich vielleicht sitzen bleibe. Und nicht die Schule wechseln darf.«

Leise sagte sie: »Das wäre auch sehr schade. Wenn du die Schule verlassen würdest. Oder sitzen bleibst. Ich würde dich vermissen.« Plötzlich sprang sie auf, holte das Mathebuch aus seinem Zimmer, setzte sich wieder neben ihn und schlug es auf. »Das ist eigentlich alles ganz einfach, wenn man es einmal kapiert hat.«

Janek lachte.

»Hast du nicht vorhin selber gesagt, dass es Quatsch wäre, für die Schule zu lernen, wenn es die Schule nicht mehr gibt?«

»Und du hast gesagt, dass man damit gut die Zeit totschlagen kann«, entgegnete sie. »Also, pass auf. Du musst natürlich als Erstes wissen, wie viele Kilo eine Tonne hat.«

Und so vertieften sie sich, während draußen die Sonne allmählich sank und ihr unheimlicher Belagerer unnachgiebig die Stellung hielt, in die Berechnungen. Weil so etwas wie Schule dermaßen weit fort war und es ja wirklich bloß darum ging, den Tag herumzubringen, und nicht um Leistung und Noten, fand Janek sogar Spaß daran. Sie kritzelten etliche Seiten Karopapier voll, stellten sich gegenseitig knifflige Aufgaben, lästerten ein bisschen über Terstegen und die anderen Lehrer und fühlten sich beinahe schon wie zwei ganz normale Schulkinder inmitten einer normalen Welt, hatten den Jungen mit der Steinschleuder da draußen schon fast vergessen, als Tassilo plötzlich aufsprang. Er reckte die Schnauze in die Luft, nahm Witterung auf und stellte sein Nackenfell auf. Dann ertönte von irgendwo draußen ein lang gezogenes Heulen, das ihnen durch Mark und Bein drang. Janek spähte durch den Rollladenspalt und sah im Dämmerlicht, wie Leon panisch die Steinschleuder von sich warf, ungelenk über die Motorhaube des festgekeilten Bentley kletterte und in den Hof lief. Auf dem Dach des Autos landete ein mächtiger Schatten mit vier Pfoten, warf den Kopf in den Nacken und stieß erneut das durchdringende Geheul aus, das von Wänden und Decke der Hofeinfahrt schauerlich vervielfacht wurde. Es war nicht irgendein Wolf. Es war *der* Wolf. Janek wusste selbst nicht, was ihn da so sicher machte. Es kam ihm schlicht folgerichtig vor, dass das Untier mit den gelben Augen, das er tief unten in der Stadtbahn vor Tassilos Todesbiss bewahrt hatte, ihnen tatsächlich seit gestern heimlich gefolgt und nun hier aufgetaucht war, um ihn und Anouk von Leon zu befreien. Leon stolperte gehetzt durchs Dornengestrüpp über den Hof, warf sich gegen die Haustür und trommelte verzweifelt mit den Fäusten gegen die Spanplatte.

»Hilfe!«, bettelte er. »Lasst mich rein. Biiiiitte!«

Oben hatte Janek den Rollladen wieder ganz hochgezogen und das Fenster geöffnet, um besser sehen zu können. Anouk stand neben ihm. Unten heulten Leon und der Wolf um die Wette. Aber das Tier schien nicht die geringste Lust zu haben, in den Hof zu springen und sich auf den Jungen zu stürzen.

»Wir sollten ihm öffnen«, sagte Anouk.

»Machen wir«, nickte Janek. »Du bleibst hier, alter Junge«, befahl er Tassilo, der allerdings nicht im Traum daran dachte und sich deshalb gefallen lassen musste, dass die beiden Kinder ihn in der Küche einschlossen, bevor sie die Treppe hinunterliefen. Unten stießen sie die Holzbalken weg und zogen die Spanplatte zur Seite. Leon stürzte in den Hausflur. Janek packte ihn und drehte ihm den Arm auf den Rücken. Leon ließ es widerstandslos geschehen. Der Wahnsinn in seinem Blick war zerbrochen.

»Keine falsche Bewegung«, zischte Janek ihm ins Ohr. »Treppe hoch.«

Während er den am ganzen Leib zitternden Leon Stufe um Stufe in den zweiten Stock dirigierte, schob Anouk rasch die Spanplatte zurück vor die Haustür und stemmte die Holzbalken wieder dagegen. Doch dazu bestand vermutlich gar kein Grund mehr, denn der Wolf schien ihr bloß interessiert bei ihrem Treiben zuzuschauen, dann schickte er noch einmal sein lang gezogenes Heulen in den dunkelblauen Spätabendhimmel, sprang vom Dach des Bentley nach draußen auf die Straße und verschwand so unvermittelt, wie er aufgetaucht war.

Oben schob Janek seinen Gefangenen ins Schlafzimmer seiner Eltern und musterte Leon zum ersten Mal richtig. Ein Auge war zugeschwollen, wohl von Janeks Fausthieb vorhin. Die Hände, die er wie zum Schutz auf seinen Kopf gepresst hielt, zeigten tiefe Spuren von Tassilos Krallen und in seinem linken Unterarm klaffte eine hässliche Wunde von den kräftigen Kiefern des

Riesenschnauzers. Janek konnte nicht fassen, dass – und vor allem, warum – Leon in diesem Zustand stundenlang dort unten in der Toreinfahrt ausgeharrt hatte, bloß in der vagen Hoffnung, einen von ihnen vielleicht mit seiner bescheuerten Murmel abschießen zu können wie eine virtuelle Spielfigur in irgendeinem Videogame. Janek zog von innen den Schlüssel aus dem Schloss und steckte ihn von außen wieder hinein.

Anouk, die inzwischen auch wieder oben angekommen war, holte erst einen Mullverband und eine Wundsalbe aus dem Badezimmerschrank, dann aus der Küche eine Wasserflasche und die kalten Reste der Ravioli. Sie platzierte alles auf dem Fußboden des Schlafzimmers, als hätten sie ein seltsames wildes Tier eingefangen, dem man nicht zu nah kommen durfte.

Janek wartete darauf, dass sich ein Gefühl von Triumph einstellte oder wenigstens von Genugtuung. Da hatte er schließlich den Jungen besiegt, der ihn monatelang in der Schule terrorisiert und verspottet hatte. Doch es fühlte sich bloß schal an. Leon war ein Häuflein Elend, nicht mal mehr ein Schatten des superreichen, supercoolen Klassenhelden; und Janek konnte kaum noch glauben, dass es je einmal so gewesen war.

Leon zögerte, seine Blicke wanderten scheu zwischen Janek, Anouk und dem Essen hin und her. Schließlich näherte er sich, griff nach dem Wasser und stürzte gierig die halbe Flasche hinunter. Die klaffende Wunde auf seinem Unterarm glänzte dunkel.

»Du musst das verbinden«, sagte Anouk schlicht.

Leon setzte die Flasche ab und glotzte stumpf auf das Verbandszeug.

»Ich hab das nicht gewollt«, flüsterte er. »Es war doch nur ein dummer kleiner Wunsch.«

Janek und Anouk tauschten einen Blick.

»Und du verstehst nicht«, sagte Anouk, »warum wir auch übrig geblieben sind, so wie du?«

Da schluchzte Leon auf. »Ihr solltet gar nicht hier sein«, wiederholte er.

»Wir *sind* aber hier!«, entfuhr es Janek. »Warum, zur Hölle, hast du uns angegriffen?«

»Ich dachte, wenn ich euch ... vernichte, könnte ich die wirkliche Welt wieder zurückwünschen.« Er ließ sich kraftlos auf den Boden sinken. »Das war doch *mein* Wunsch. Ich musste es allein schaffen ...«

Janek wollte etwas erwidern, doch es gab nichts mehr zu sagen. Auch Anouk schüttelte bloß unmerklich den Kopf. Stumm standen die beiden im Türrahmen und sahen auf den wimmernden Leon herab, bis der irgendwann die Nase hochzog, nach dem Teller und dem Löffel langte und wie ausgehungert die kalten Ravioli in sich hineinzustopfen begann. Anouk sah Janek fragend an, doch der zuckte bloß mit den Schultern. Daraufhin griff sie nach der Klinke und zog die Tür zu. Leon beachtete es nicht weiter, als hätte sich seine Umgebung in Luft aufgelöst. Janeks Finger fuhren zu dem Schlüssel, der von außen steckte, doch dann hielt er inne. Er musste Leon nicht einschließen. Von ihm ging keine Gefahr mehr aus.

Tassilo schien sich da allerdings nicht so sicher zu sein. Während Janek und Anouk in die Küche zurückgingen, ließ er sich wie ein Wachhund vor dem Schlafzimmer nieder und knurrte drohend. Von Leon kam kein Laut mehr.

Anouk kräuselte die Stirn und fragte: »Was stellen wir jetzt mit ihm an?«

»Ist mir gleich«, sagte Janek. »Er kann meinetwegen hier schlafen. Und morgen soll er halt abhauen oder hierbleiben oder weiß der Geier. Er will ja eh alles allein schaffen.«

»Allein ...«, murmelte Anouk. »Ich glaube, Leon hat sich längst schon verflucht für seinen – wie hat er das genannt? –, seinen dummen kleinen Wunsch.«

Janek sagte nichts. Er nahm den Schulatlas vom Küchentisch und schlug ihn zu. Als könne er damit irgendeine Entscheidung herbeiführen.

»Du würdest es auch gern wieder rückgängig machen, nicht wahr?«, fragte Anouk.

Er sah sie lange an. Bis sie mit der vertrauten Bewegung den Blick von ihm abwandte. Aber nur kurz, dann schaute sie wieder auf und sagte leise: »Ich auch. Ehrlich gesagt.« Sie flüsterte fast. »Denkst du, wir können das? Ich meine – wenn wir drei uns ganz fest wünschen, dass alle wieder da sind. Aber ich ...« Sie legte wieder die Hände auf den Bauch. »Ich hasse diese Leere hier drin. Ich fände es schrecklich, wenn alles wieder so würde, wie es vorher war.«

Da lächelte er.

»Das muss ja nicht sein. Wir können doch viele Sachen anders machen.«

»Das sagt sich so leicht.«

»Hey. Wir haben schon drei Tage in einer verlassenen Stadt überlebt. Wir haben Leon besiegt. Du bist Auto gefahren. Du hast mir sogar Mathe beigebracht. Alles viel schwieriger, als einfach mal Nein zu sagen. Ich meine – was würde deine Mutter tun, wenn du dich schlicht weigern würdest, zu diesem Kurs zu gehen? Oder zum Tennis oder zum Geigenunterricht? Würde sie dich einsperren? Dein Taschengeld streichen?«

»Ja, vielleicht.« Sie lachte. »Vor allem würde sie mich mit ihren Vorwürfen überschütten. Und dann ihre Freundinnen anrufen und sie volljammern wegen ihrer missratenen Tochter. Hm. Eigentlich gar nicht so schlimm. Von hier aus gesehen.«

Er stieß das Küchenfenster auf. Draußen war es inzwischen ganz dunkel und über dem Dach des Vorderhauses funkelten die ersten Sterne. Kühle Luft wehte herein, frisch und befreiend. Nach und nach rissen sie alle Fenster der Wohnung auf.

Natürlich hätten sie längst gehen und alles hinter sich lassen können. Doch im Dunkeln wollten sie nicht aufbrechen. Stattdessen legten sie sich irgendwann in Janeks Bett und lauschten den Geräuschen der Nacht. Im Flur schlief Tassilo vor der Schlafzimmertür und dahinter hörten sie Leon schnarchen. Von draußen drang das Zirpen der Grillen herein, das Rufen der Eulen; und einmal, ganz weit entfernt, heulte ein einsamer Wolf. Vielleicht war er auch gar nicht einsam, denn es klang so, als antworte kurz darauf ein zweiter.

»Wenn es nun nicht funktioniert mit dem Zurückwünschen?«, fragte Anouk. »Wenn wir morgen früh wach werden und alles ist noch genauso wie jetzt? Gehst du dann mit mir an die Côte d'Azur?«

»Bis ans Ende der Welt«, brummte Janek schlaftrunken. »Und noch viel weiter.« Er drehte sich zu ihr und fand es schön, ihren Atem in seinem Gesicht zu spüren. Irgendwann fragte er: »Wenn es nun aber doch funktioniert? Wenn wir wach werden und uns an nichts mehr von dem erinnern können, was wir erlebt haben?«

Aber er bekam keine Antwort mehr. Anouk war eingeschlafen.

14

Von ganz allein wachte er auf. Etwas war anders. Alles war anders! Kein Fernseher, DVD-Player oder Toaster auf seinem Schreibtisch, auch keine Mikrowelle und vor allem keine Anouk in seinem Bett. Das Rollo war herabgezogen, obwohl sie gestern Abend bei offenem Fenster eingeschlafen waren. Sie ist ohne mich aufgebrochen!, fuhr es wie ein Stromstoß durch seine Gedanken. Anouk hatte ihn einfach zurückgelassen! Er schnellte hoch und kam federnd auf die Füße, sprang zum Fenster und ließ das Rollo hochschnappen. Die Morgensonne stach herein und blendete ihn für einen Augenblick. Er wandte sich vom Fenster ab, während schwarze Punkte vor seinen Augen tanzten. Dann hielt er inne, drehte sich langsam zum Fenster zurück und schaute noch einmal hinaus, wobei er schützend eine Hand über die Stirn hielt. Was er sah, schien vollkommen normal und zugleich absolut unwirklich: Die Garagen gegenüber warfen lange Schatten in den Hof, dessen Boden nicht von Dornen und Gräsern überwuchert, sondern geteert und sauber gefegt war. Der alte Apfelbaum war akkurat gestutzt und das Gras der kleinen Grünfläche um den Baum herum kurz gemäht. Am Stamm des Baumes schnüffelte Tassilo, der nicht mehr Janeks Tuch trug, das der ihm vorgestern umgeknotet hatte, sondern sein offizielles Halsband.

Es klopfte. Janek war so verdattert, dass er nicht einmal »Herein« rufen konnte. Die Tür öffnete sich und seine Mutter lugte ins Zimmer.

»Du bist ja schon wach«, stellte sie erfreut fest. »Es bringt ja doch was, wenn man zur Abwechslung mal früh ins Bett geht.«

Er sah sie bloß entgeistert an, dann machte er einen Schritt auf sie zu und noch einen und schlang stumm die Arme um seine Mutter. Die hielt überrascht inne, weil sie so etwas von ihrem elfjährigen Sohn schon lange nicht mehr gewohnt war.

»Ist gut«, sagte sie schließlich. »Komm einfach frühstücken, ja?«

In der Küche saßen sein Vater und Ada, die wie

jeden Morgen schon beim Müsli irgendwelche Nachrichten auf ihrem Smartphone checkte.

Sie sah feixend zu ihm auf und fragte: »Hey, was ist los? Du guckst uns an, als hättest du uns ewig nicht gesehen.«

»Hab ich auch nicht«, murmelte er, ließ sich auf die Eckbank neben seine Schwester fallen und angelte nach der Milchkanne.

»Also, sooo lange warst du jetzt auch nicht in deinem Zimmer«, meinte sein Vater und schaute doch tatsächlich auf die Uhr. »Gerade mal elf Stunden.«

»Ich ... na ja, ich find einfach gut, dass ihr da seid«, brachte Janek heraus und goss sich Milch ins Glas. Ob die anderen mit seiner Bemerkung etwas anfangen konnten oder nicht, war ihm für den Moment völlig egal. Er spürte der Erinnerung an jene drei Tage nach, die ihm unter dem unerbittlichen Tageslicht rasant zu entgleiten schien wie ein ferner Traum. Unmerklich blickte er auf die linke Hand, strich mit der rechten darüber, sah und spürte nichts als unversehrte Haut. Alles schien sich zu verflüchtigen: der einsame Sprung vom Fünfmeterbrett, der Einbruch in die Bäckerei oder der Kampf mit dem Wolf; der Gewittersturm und das tropfnasse Aufeinandertreffen mit Anouk, die Nacht auf dem Gutshof und der

Kampf gegen Leon; all das verblasste in atemberaubender Geschwindigkeit, zog sich zu einem unförmigen Gefühlsnebel zusammen und hinterließ in seinem Kopf wenig mehr als milchigstaubige Schlieren, wie wenn man an einer Tafel Worte fortwischt, ohne den Schwamm richtig nass gemacht zu haben.

Ada stichelte: »Du meinst also, dir tut es leid, was du gestern Abend gesagt hast?«

Janek hielt mitten im Trinken inne, setzte das Glas ab und glotzte sie verständnislos an.

»Dass du uns alle weggewünscht hast«, setzte sie nach. »Bereust du jetzt etwa, was du gesagt hast?«

Da musste Janek breit grinsen.

»Nein«, antwortete er aus tiefstem Herzen. »Ich bereue überhaupt nichts.«

Als er eine halbe Stunde später mit geputzten Zähnen und hochgestylten Haaren, mit Müsli im Bauch und Pausenbrot in der Schultasche aus dem Haus flitzte, um über den Hof zur Straße hinaus und zur Bahn zu laufen, wäre er um ein Haar mit dem unfreundlichen Herrn Hartmann aus dem Erdgeschoss zusammengestoßen. Dieser war soeben im Begriff gewesen, mit dem Sandkastenschäufelchen und einer kleinen Mülltüte das Geschäft seines Hundes zu beseitigen. Da machte Tassilo einen Satz auf Janek zu, ignorierte den scharfen Pfiff seines Herrn und sprang an Janek hoch.

»Du erinnerst dich, alter Junge!«, rief Janek aus und hätte vor Freude und Rührung losheulen mögen. Die raue Hundezunge fuhr über sein Gesicht. Hartmann schrie sich fast die Lunge aus dem Leib.

»Sitz, Tassilo«, sagte Janek vergnügt und der Riesenschnauzer gehorchte augenblicklich.

»Das ist …«, stammelte Hartmann, »was hast du … was meinst du damit?«

»Bitte? Womit?«

»Na, dass er sich erinnert. Du sagtest doch gerade, er würde sich erinnern. Woran denn?«

»Ach, wir haben kürzlich mal zusammen … gespielt«, winkte Janek ab.

Hartmann schüttelte fassungslos den Kopf.

Janek kraulte noch einmal Tassilos Ohren, dann schlug er seinem Nachbarn vor: »Ich könnte ihn ja mal ausführen, wenn Sie nichts dagegen haben. Heute Nachmittag vielleicht?«

Hartmann starrte den Jungen an. Noch nie hatte einer der Hausbewohner so viele Worte auf einmal mit ihm gewechselt. Noch nie hatte sich jemand aus dem Haus gut mit seinem Hund verstanden, geschweige denn mit ihm. Noch niemals hatte irgendjemand im Haus den unfreundlichen Herrn Hartmann aus dem Erdgeschoss lächeln sehen. Bis jetzt.

»Abgemacht«, strahlte Hartmann. »Heute Nachmittag. Melde dich einfach, wenn du Zeit hast.«

»Okay, bis dann.«

Janek sah auf die Uhr. Jetzt war er doch wieder spät dran und musste sich beeilen. Er rannte durch die Toreinfahrt auf die Straße und bis zu der großen Kreuzung, wo ihm das Schicksal gnädig war, denn zeitgleich mit der einfahrenden Stadtbahn sprang die Fußgängerampel auf Grün und summte. Autokolonnen hielten an, Kinder flitzten vor ihm über die Straße, Jugendliche schlurften möglichst lässig hinterdrein, Erwachsene mit arbeitsamer Montagmorgenmine schoben sich und die Reste ihrer Träume den Bahnsteig hinauf, wo die Anzeigetafel grüßte:

Montag, 4. Juli, 7 Uhr 47
Achtung: Bahn fährt ein

Der Typ mit Headset und Aktenkoffer, die schlecht gelaunte blonde Frau mit ihrem unter der Schulter eingeklemmten rosa Handtäschchen, das traurige dicke Mädchen in den schwarzen Klamotten, die beiden Jungs aus der Parallelklasse lösten sich allesamt von ihren angestammten Plätzen und schlossen sich den Menschentrauben vor den aufgleitenden Türen an. Janek war überglücklich, sie alle wieder hier zu sehen. Und zugleich unendlich traurig darüber, dass er nun nicht mit Anouk zur Côte d'Azur fuhr oder bis ans Ende der Welt, sondern bloß zur Schule, als sei nie etwas anderes gewesen.

Die Fahrt durch die Stadt befremdete ihn. Denn obwohl seine Gedanken nur mit Mühe noch Fetzen der Erinnerung umklammert hielten, hatten diese Straßen und Häuserfronten etwas höchst Eigentümliches an sich, wo sich Fußgänger und Radfahrer aneinander vorbeischoben, kein Ginster oder Flieder blühte, keine wilden Tiere ihre stolzen Köpfe aus dem hohen Gras hoben. Wo kein Wolf ihm heimlich folgte mit seinen aufmerksamen gelben Augen.

Wir haben's dir ja gleich gesagt, schienen die Blechfiguren im Schulfoyer ihm zuzurufen, was eigentlich gar nicht stimmte und auch keinen Sinn ergab, aber Janek konnte den Gedanken nicht zu Ende denken, weil sich wie aus dem Nichts Paul vor ihm aufbaute. Neben ihm stand Leon.

»Na, Spasti, freust du dich auf die Mathearbeit?«, höhnte Paul und grinste zu Leon hinüber.

»Ja«, entgegnete Janek schlicht. Das überraschte ihn selbst. Wieso konnte er plötzlich Mathe? Er wusste es schon nicht mehr. Aber er war sich ganz sicher. »Na, Leon, alles klar?«, sagte er.

Leon sah aus wie immer – edle Jeans, frisches Poloshirt mit aufgestelltem Kragen und perfekte Frisur. Doch mit seinen Augen stimmte etwas nicht. Angst glomm darin. Ein Anblick, der Janek völlig neu war. Aber irgendwie auch nicht.

Leon trat einen Schritt zurück und zupfte Paul am Hemd.

»Komm, wir gehen.«

»Hä?«, machte Paul. »Was soll das?«

»Komm einfach«, sagte Leon und zog Paul mit sich fort.

Beschwingt stieg Janek die Treppe in den zweiten Stock hinauf und bog auf den Flur ein, an dem sein Klassenzimmer lag. Ein Junge, der vor ihm ging, schlug sich unvermittelt mit der flachen Hand gegen die Stirn und sagte zu sich selbst: »Mann, da hängt ja die Jacke.«

Vor der Garderobe stand Anouk, die Schultasche vor den Bauch gepresst, abseits von ihren Freundinnen, als würde sie auf jemanden warten.

»Hi«, sagte Janek und blieb vor ihr stehen. »Wie geht's?«

»Mir geht's gut, ich ... hatte einen absolut verrückten Traum. Ich ...«

Ihr Blick schien in seinem etwas zu suchen.

»Ich auch«, gestand Janek. »Ja, absolut verrückt.«

Ihre Augen leuchteten auf.

»Willst du mir davon erzählen?«, fragte sie.

»Ja, gerne. Ich wollte heute Nachmittag mit Tassilo spazieren gehen. Das ist der Hund von meinem Nachbarn. Du könntest mitkommen. Aber vermutlich geht das nicht, du hast ja montags immer so einen Kurs.«

»Woher weißt du das?«

»Hm ... hab ich wohl mal aufgeschnappt.«

»Ist ja auch egal«, sagte sie und strahlte ihn an. »Ich geh nicht mehr zu diesem Kurs.«

»Ach.«

»Genau. Meine Mutter wird zwar komplett ausrasten. Aber ich werd einfach Nein sagen.«